「冒険者を引退します。
お世話になりました!」
「なんで!?
私たちついさっき一緒に
死線くぐり抜けた仲だよね!?」

怪盗メアロ
狙った獲物は
逃さない凄腕
ティシエラ
ソーサラーギルド・
ギルドマスター
ルウェリア
武器屋の
看板娘

コレット
運極振り
ポンコツ聖騎士
トモ
うだつの上がらない
元警備員

トモの脳内妄想

終盤の街に
転生した底辺警備員に
どうしろと！
～スキル
【ステータス操作】なら
最強ワンパン
美少女を
作るのもお手の物～
vol.1
author 馬面 illustration ヤッペン

もくじ

プロローグ

「イヤァッホオオオオオオオオ！　テメェら全員くたばりやがれカスどもがあああああ！」

……俺は今、何を見せられているんだ？

闇夜の澄んだ空気に向かって思わずそう問いかけたくなる。無意味だと知りつつも。

ここは――異世界。

昨日今日転生した訳じゃない。だから多少の超常的な現象に対しては既に免疫ができているし、ありきたりでない出来事に遭遇したからといって簡単に驚いたりもしない。

でもこれは……おかしいよ。

余りに常軌を逸している。イカれてるとしか思えない。

「ギャハハハハハ！　やるじゃねぇかテメェ！　来いよ！　もっとエグいの繰り出して来いよ！」

「ギャボオオオオオオオオオオオ！」

真夜中の広原で、半裸の人間が半笑いでモンスターと殴り合ってるんですよお！

相手は倍以上にデカい狂暴なクマ。名前は【オメガグリズリー】と言うらしい。

目は血走り、口からは涎《よだれ》を撒《ま》き散らし、オレンジ色の不気味な体毛に包まれた丸太のように太い両腕で繰り出す一撃は、大岩をも容易に砕く破壊力。

そんな凶悪な攻撃を高速で連発してくる。

それを何発もまともに食らいながら、怯《ひる》みもせず嬉々《きき》として素手で殴り返す男が目の前にいる。

「ヒャッハ――――――――ッ！」

爪で顔を引き裂かれようと意に介さず、血みどろの笑顔で繰り出したカウンターの飛び膝蹴りがオメガグリズリーの顔面を捉え、グシャッという嫌な音と共に下顎を砕いた。

彼とは特に知り合いという間柄でもない。というか名前すら知らない。

強いて言えば同じ街にいる住民Aといったところだ。

そして、この場にいるのは彼だけじゃない。

「なんだコラその程度かァ!?　ああ!?　そのコワモテのツラは見かけ倒しか!?」

「ギギ……ギ……」

硬質な鱗《うろこ》に包まれた禍々《まがまが》しい姿のリザードマンを背後から絞め殺そうとしている住民B。

「無様無様無様無様無様無様無様無様無様無様無様無様無様無様無様無様無様無様！」

「オヴァアアアアアアアアア！　ピキャアアアアアアアアアアア！」

歯茎を剝《む》き出《だ》しにした異形のバケモノを相手に魔法の光弾を連続で浴びせ続ける住民C。

「うひゃひゃひゃひゃひゃひゃひゃひゃひゃ！　た――――のし――――――っ！」

既に事切れて動かなくなった多頭ドラゴンの頭部を延々とストンピングし続ける住民D。

他にもまだまだいるが、その全員に共通しているのが、素手でモンスターを蹂躙《じゅうりん》し愉悦の表情を浮かべていること。

そして、彼らに気まぐれで狩られているモンスターが例外なく最強クラスであること。

何しろここは魔王城近辺のフィールド。

そこにいるモンスターが雑魚な訳がない。なんなら全員ボス級だ。

なのに彼らときたら息を吸うように奴《やつ》らをボコり、抉《えぐ》り、貫き、ひねり潰している。

かつて愛用していた武器も持たず、酔った勢いとノリだけで。

「いよぉ――し！　テメぇらこのまま魔王城に突っ込むぞ――！　魔王狩りじゃ――っ！」

「おおおおおおおおおおおおおおおおおおお！」

……この光景は、そんなイカれた連中が住むアインシュレイル城下町に転生した俺の――

単なる日常の一ページに過ぎない。

第一話　レベル78詐欺の女

――時は異世界転生直後に遡る。

「おいルウェリア。生きてるぞこいつ」

ふと目を開けると、そこには無骨なオヤジの顔。ゴツゴツした身体《からだ》にタンクトップとレザーエプロンを身につけたバキバキのストロングスタイルだ。

混濁する意識の中で全てを悟る。

自分が一度死んだこと。でも魂までは果てていなかったこと。

そして神サマっぽい存在との転生前の打ち合わせ的なやつを経て、この世界へと転生したこと。

その神サマ曰《いわ》く、ここは地球とよく似た世界らしい。そんな彼の計らいで生前の人格および記憶を完全に保持したまま、俺の魂に適合する死にたてホヤホヤの肉体へと転生することになった。

しかもこの身体、年齢は18。なんと14歳も若返ってしまった。

その上、言葉も問題なく理解できている。

この身体の持ち主が生きていた頃の魂の残滓《ざんし》による恩恵らしい。ありがたい話だ。

「本当ですか!?　それは吉報です！　お水飲むでしょうか？」

もう一つ、別の声が聞こえる。

最初のは多分俺より大分年上の男。今聞こえたのは、逆に大分下の女の子。いやでも転生先の身体は18歳だったな。なら少し下くらいかもしれない。

「おう兄ちゃん。この街は初めてかい？」

「あ、ええと……はい」

大丈夫だ、瞼《まぶた》も軽いし口も動く。手足の感覚もしっかりある。記憶もハッキリしている。

自分以外の人格や記憶が頭の中にあるような気配はない。

神サマの説明通り、この身体の持ち主の魂は消えてしまったんだろう。

「動けそうならゆっくり身体を起こしな。ざっと見た感じ大きな怪我《けが》はねぇ。急に店の前で倒れられて驚いたが、まあ生きてて良かったな」

「ありがとうございます。あの、ここって……」

「俺の経営する武器屋だよ。娘のルウェリアと二人でやってんのさ。自宅開業でな」

武器屋だったのか。売り場じゃないからパッと見じゃわからなかった。

とりあえず言われた通り身体を起こす。ベッドに寝かせて貰《もら》っていたらしい。

天井や床は……木造っぽいな。壁はレンガっぽい感じ。どうやら和風じゃなく洋風ファンタジー的な世界みたいだ。まあ、ある意味こっちの方が日本的ではあるか。

「はい、お水です――」

世界観の把握に努めている最中、さっき出て行った女の子が戻ってきた。

「へぶしっ」

そして盛大にコケて水を部屋中に撒《ま》き散らした。部屋の真ん中に転がってる棒を踏んだらしい。

……いや違う。槍《やり》だアレ。

「な、なんでこんな所に【ブラッドスピアコク深め】が置いてあるんですか!? 危うく血を吸われるところでした！」

「すまん、それ俺だ。この真っ赤な穂先が幾ら眺めても飽きねーのよ」

血を吸う槍って何だよおっかねーな！ 幾ら武器屋っつっても市販していいのかよそんな物……

「すみません。盛大に零《こぼ》してしまいました。お水汲《く》み直してきます」

ヘコヘコ謝った女の子が慌ただしく部屋を出て行く。

水はかかってないし、別に謝らなくてもいいのに。

でもヤバい人たちじゃなさそうだから、そこはちょっと安心した。

「今度は大丈夫です、慎重に運びます。そーっとそーっと……どうしよう手の震えが止まらない」

「普通に渡してくれればいいですから！」

なみなみ注ぎ過ぎた所為《せい》もあって、女の子はかなりハードモードな受け渡しに挑戦していた。

「ふーっ……任務達成です。私やりました！」

「ど、どうも」

どうにか無事受け取ったところで、ようやく冷静にその姿を視界に収められる。

栗《くり》色の髪を腰くらいまで伸ばした、庇《ひ》護《ご》欲《よく》を擽《くすぐ》られる可愛《かわい》い容姿。

声の印象通りの見た目。多分15歳くらいだろう。

それにしても毒々しい色合いの格好だ。紫のシャツに緑色のスカートエプロン、そして首元には藍色のスカーフ。けど下品に感じないのは身につけている本人の清楚《せいそ》感の成せる業か。

あと胸元のガードは残念ながら緩くない。多分サイズはかなり……

「あの、お水を……」

「すいません飲みます！」

初対面で余りに失礼な値踏みだった。

職業病かな。生前はずっと警備員だったから、人を観察する癖が付いてしまっている。

「ふぅ……」

水は元いた世界と同じで無味無臭。井戸水なのか水道水なのかは不明だけど、多分前者だろう。

何にせよ衛生環境は悪くなさそうでよかった。

武器屋があるってことはモンスターもいるんだろうし、恐らく典型的なファンタジー世界だ。

「意識がハッキリしたんなら名前を教えてくれや。何て呼べばいいかわかんねえからな」

「名前……」

きっと、この身体の持ち主にはちゃんとした名前があった。

それを示す何らかの身分証明書等があるかもしれないな。

でも、その彼はもうこの世にはいない。

だったら、俺がその名を名乗るのはかえって失礼だ。

彼は彼、俺は俺なんだから。

……俺は俺、か。

そんなことを言えるほど自己を確立できている訳でもないんだよな。

何しろ生前は自分自身に何の期待もしていなかったから。

高校まではそれなりだったけど、人間関係がリセットされた大学時代は周囲に馴染《なじ》めず就職活動もロクにしないまま、気付けば警備員になって毎日与えられた職務をこなすだけの日々。

大学時代から数えて14年、32歳になるまでずっと虚無の時間を過ごしてきた。

でも昔の俺はもっと明るかった筈《はず》なんだ。人生をちゃんと謳《おう》歌《か》できていた。

それが本当の自分かどうかはわからないけど、この世界ではそうありたい。

この身体を大事に使わせて貰うってのは、きっとそういうことだと思う。

「トモと言います。親しい人はそう呼びます」

こうして俺こと藤井《ふじい》友也《ともや》——あらためトモの新たな人生が始まった。

◆　◆　◆

「ありがとうございました。この御恩は忘れません」

行き倒れていた俺を親切に介抱してくれた武器屋の御主人と娘のルウェリアさんに頭を下げ、まだ見ぬ地平へと躍り出る。

彼らに聞いた話によると、この街は【アインシュレイル城下町】と言うらしい。

遠く離れてはいるが小高い丘の上にそびえ立つ立派な城が見える。

ま、そんな庶民には縁のない建物よりもだ。

せっかく異世界に転生したんだから最初に行くべき所は一つしかないよね。

ってな訳で、やって参りました冒険者ギルド！

あったよやっぱり。大抵あるよな。

建物も期待に違《たが》わず立派な石造建築。中もかなり広い。

それじゃ、なっちゃう？　冒険者！

学生時代からゲーム三昧の日々を送っていた俺にとっては憧れの職業。でも正直怖さもある。

警備員時代に暇な時間を見つけては筋トレして鍛えていたけど、当時の肉体はもうない。

けどこの新たな身体はというと、実は筋肉の付き方がほぼ同じ。

鏡を見ていないから顔はわからないけど、もしかしたら元の俺とかなり近い容姿の人物だったのかもしれない。

魂が適合したのは、俺と遺伝子レベルでそっくりだったからじゃないだろうか。

別に酔狂で冒険者になろうってんじゃない。鍛えるだけ鍛えて何の成果も得られなかったあの日々が役立つかどうか、それを試してみたい気持ちもあるんだ。

前向きに生きると決めたからには、こういう感情を大事にしたい。

ギルド内は殺伐とはしていないものの、何処《どこ》か混沌《こんとん》とした様相を呈している。

自分よりデカい剣を担いでいる重装備の男が三角帽子を被《かぶ》った小柄な魔法使い風女子と談笑し、妖艶な格好の褐色肌の女性が舞うように練り歩く――そんなバラエティ豊かな光景が、あらためて異世界に来たんだと実感させてくれた。

俺を見て反応を示す冒険者はいない。

どうやらこの身体の元持ち主、生前はここには来ていなかったらしい。

それじゃ受付へ向かおう。

「いらっしゃいませ。この街は初めてですか？」

手前の受付嬢が声をかけてくれた。ショートカットが似合う優しげな顔の女性だ。

「はい。何もかも全部初めてなんで、申し訳ありませんが最初から教えて頂けると助かります」

「全部……ですか？」

「はい。冒険者がどういう職業かってのもよくわかってなくて」

「は、はあ。わかりました」

なんか明らかに戸惑ってるな。チュートリアルは受け付けてないのか？

「ではまず、こちらに署名をお願い致します」

なになに……誓約書？

ざっと読んでみたところ『死んでも責任は一切取りませんので文句言わないで下さい』との内容だった。世知辛い現実が垣間見《かいまみ》えた気もするけど、気にせず署名……と。

「承りました。それでは冒険者についてご説明致します」

「お願いします」

「冒険者とは――」

街の外、主にフィールドやダンジョンで活動する仕事。

モンスターの脅威から人間を守るべく、討伐依頼や護衛を生業《なりわい》としている。

街にはモンスターを寄せ付けない【聖噴水】が湧き出ているから、モンスターが街中に入ることはない。でも外のフィールドでは容赦なく人間を襲う為《ため》、街の近辺や野道に出没するモンスターは極力退治するようにしているらしい。

「最終目的は魔王討伐となりますが、現状では魔王を倒す手段はありません」

「……そうなんですか？」

「はい。でも聖噴水のおかげで膠着《こうちゃく》状態が長年続いていまして、モンスターが人里を襲ってきた事例はここ数百年ありません。なので魔王討伐の緊急性は今のところ低めです」

つまり程良く平和って訳か。異世界初心者にはありがたい。

「脅威は魔王ばかりじゃないですけどね」

不意に背後から介入してくる謎のイケボ。

振り向くと案の定、爽やかな顔立ちのイケメン君が最寄りのテーブルに肘をついてこっちを見ていた。

年齢は恐らく20代前半。

決してムキムキって訳じゃないけど程よく引き締まってアスリートのような体型だ。

「あらアイザックさん。今日はお一人?」

「パーティのみんなとはこれから合流する予定です。昨日は少し討伐に手間取ってしまって帰るのが夜遅くになったもので」

態度や受け答えから察するに、名のある冒険者なんだろう。

表情一つとっても人生に余裕が感じられる。

生前は全く縁がなかったタイプだ。

「魔王以外にも、かつて大勢のモンスターを従え世界を危機に陥れた【混沌王】、闇の世界からこの世界を滅ぼす為に進出してきた【冥府王】など数々のバケモノがいる。聖噴水に守られているからって、いつまでも放置していい訳じゃない。僭越《せんえつ》ながらそう補足させて頂きます」

「あ、はい。ありがとうございまーす」

……受付嬢、若干の塩対応だな。イケメンなのに。

「それとつい先日、魔王城の周辺一帯に毒霧の発生が確認されました。魔王討伐について説明するのであれば、この件にも言及することをお勧めします」

「ご親切にどうもー」

笑顔のアイザック君に対し、受付嬢は何処までも事務的だ。

イケメンなら何でも許されるって訳じゃないらしい。

まあ、内容が正当でも言い方一つで印象って変わるもんな。俺も気を付けよう。

「説明続けますね。冒険者はモンスターを倒すことで、体内の【マギ】が上昇します」

「マギ？」

「生きる力の総称、といったところです」

成程。魂みたいなもんか。

「そのマギの数値を【マギソート】と呼ばれる魔法の石板で測定して、数値に応じた冒険者レベルを認定します。その数値が高いほど冒険者としての信頼が増すと考えて下さい」

資格やライセンスみたいな感じか。

要はモンスターを倒してレベルを上げる訳だから、まんまゲームみたいな世界なんだな。

「レベルが上がると強くなるんですよね。自分のステータスや能力も確認できますか？」

「はい。ステータスには【生命力】【攻撃力】【敏捷性《びんしょうせい》】【器用さ】【知覚力】【抵抗力】【運】の七項目がありまして、各自の才能に即して自動的に振り分けられていきます。変更はできません」

各パラメータを自分で配分することはできないのか。結構シビアだな。

「まずはマギソートを使って現在のマギの総量とパラメータを確認してみましょう。石板の中央に設置された半球形の石に利き手で触れて下さい」

「は、はい」

なんか色んな意味でドキドキしてきた。半球形に興奮する年頃でもないんだけど……

「こ、これは……！」

えっ何？　すげぇ驚くじゃん。

これってやっぱり、恐るべき秘められた才能が――

「生命力が突出しています。というかほぼ生命力だけです！」

……だったら18歳で突然死すんなよ元の人。

「具体的にはレベル18で生命力255。それ以外のパラメータは攻撃力36、敏捷性49、器用さ32、知覚力74、抵抗力26、運2となっています」

「255って凄《すご》いんですか？」

「それはもう。このレベルでは破格です」

破格……いい響きだ。レベル18って数字はちょっと中途半端だけど、冒険者になりたての身って考えると相当高いよな。これは幸先《さいさき》よさそうだ。

「ステータスを自分で変えることはできませんけど、特定の役職に就くことで大まかな成長タイプを選ぶことはできます。例えばタンクであれば生命力と抵抗力の伸びが良くなります」

「成程。オススメとかあります？」

「貴方《あなた》でしたらバーサーカーがいいと思います！　きっと素敵なバーサーカーになりますよ！」

えぇぇ……急に声張り上げて何推してきてんの？　俺ってそんなに荒くれに見える？

「えっと、役職に関しては後でじっくり考えますんで」

「そうですか」

露骨にテンションが下がったなオイ。携帯ショップで『一番安いプランをお願いします』って言った後の店員かよ。

「特定の役職に就いた冒険者は固有のスキルが取得可能になるので、スキルで選ぶ人も沢山おられますね」

「スキルですか。例えばどんなのがあるんですか？」

「バーサーカーでしたら自我を失う代わりに攻撃力が上がる【亢進《こうしん》1】、知能指数が低下する代わりに攻撃力が増大する【亢進2】、心神喪失状態になる代わりに攻撃力が飛躍的に跳ね上がる【亢進3】などのスキルが取得可能です」

だから何故《なぜ》バーサーカーを執拗《しつよう》に推す!?

なり手がいないから薦めるよう上司に言われてるのか……？

「役職固有スキルとは別に、各個人の才能によって発動される完全固有スキルもあります。他の人と被ることもありますけど未知のスキルに目覚めるケースもあるので、今までと違う力が使えるようになったら御一報頂けると助かります」

「わかりました」

固有スキルか。こういうのって大抵、前世の行いが反映されるんだよな。

警備員だった俺はガード系のスキルに目覚めそうだ。

「私の知っているバーサーカーの冒険者が初めて目覚めた完全固有スキルは【エクスタシー】。それは戦うことで性的興奮を得られるスキルで、こんな素晴らしいスキルを得た彼は特別な戦闘狂と周囲から持て囃《はや》されました。今では彼の友達も皆バーサーカー。その友達が目覚めたスキルも勿論《もちろん》【エクスタシー】。何故なら彼らもまた特別な戦闘狂だからです」

もう隠す気もないのか、堂々とカンペを読み出しやがった。

「すみません。初めての人にはこれ絶対言わないとダメって上司に言われてるので」

「でしょうね。自分の言葉で言ってたらただのヤバい人ですよ」

案の定ノルマが課されているらしい。受付嬢も大変だな。

「本当にもう……一体誰がこんな駄文を考えたのか……上司の喉の奥のアレを擦《こす》って答えを射出させたいくらい」

ほらー！　ストレス溜《た》まり過ぎておかしくなってんじゃん！　下ネタなのに全然エロくないとか、それ誰得なの！

「えーっと、ありがとうございました！　それじゃ失礼します！」

空気がえげつないことになったんで緊急避難。役職は後で決めよう。

とりあえず誓約書にサインはしたし、晴れて冒険者にはなれた訳だ。

なら次は装備品だな。丸腰でモンスターと戦う訳にはいかない。

とはいえ、先立つものがないと何も買えない。この身体の元持ち主、財布とか金入れる袋とか持ってなかったよな。もしあったら武器屋の主人が渡してくれただろうし。

あれ……？　この服、内ポケットあるじゃん。しかも何かゴツゴツしたのが入ってる。

これはまさか都合良く金貨でも持ってるパターン――

「……え。何これ」

金貨どころか宝石じゃん！　しかも何個もあるぞ！

もしかしてこれが転生特典？　粋なことすんじゃねーかあの神サマ。

でも待て。この身体の元持ち主の所持品って可能性もあるな。

つーかそれだと……形見ってことになるのか？

形見かあ……

まあいいや。六つもあるし一つ残しとけば問題なし！　もしかしたら誰かに渡さなきゃならない重要アイテムかもしれないけど細かいことは気にしない！　身体を貰ってるのに所持品を遠慮するってのも変な話だしな。

幸い、宝石の鑑定と買い取りをしてくれる店がこの城下町にはあった。

【ビルバニッシュ鑑定所】

この街なんでもあるな。あり過ぎるかもしれない。

ってな訳で、早速鑑定して貰おう。

「普通の宝石じゃな。全部合わせて８０００Ｇじゃ。どうする？」

金の単位はゴールドか。わかりやすくて助かる。

「この一番小さい赤い宝石以外全部売ります」

「なら６８００Ｇじゃ。鑑別書にサインするから待っとれ」

適正価格かどうかは全くわかんないけど、転生初日に値段交渉とか疲れることしたくないしな。

これだけあれば、そこそこの装備品が買えるだろう。

「あのー……」

大量の金貨をどうやって持ち運ぶか悩んでいる最中、他の客が入って来た。

黒髪ロングの童顔系女子。多分10代だ。

でも防具は明らかに高価。フルアーマーじゃないけど、肩、胸、腰周りはシックな色合いの鎧《よろい》で覆われていて、いかにも女性剣士って感じの格好だ。

「この宝石の鑑定をお願いします」

「どれどれ。うむ、伝説のシンクルビーじゃな。ウチじゃ買い取れん」

リアクションおかしくない？　伝説に淡白過ぎだろ。大丈夫かこの鑑定所……

「わかりました」

そして鑑定して貰った女子もえらく淡白だった。激レアだろうに何が不満なんだ。

「はぁ……またシンクルビーかぁ」

結局、溜息《ためいき》を落としながら終始浮かない顔で出て行った。

何？　ダブりってこと？　伝説ってダブることあんのか。

「あの、さっきの人って常連なんですか？」

「知らんのか？　世界最高のレベル78を誇る有名な冒険者じゃぞ」

78……!?

要するに世界最高の冒険者って訳か。道理で装備品が充実してる訳だ。

「やっぱりメチャクチャ強いんですよね。この辺のモンスターならみんな一撃って感じですかね」

「じゃろうな。この街にあの子が戦う姿を見た者はいないというくらいじゃ。瞬殺ガールじゃな」

もっと他にいい異名ないのか。かわいそうに。

にしても、まだ若そうなのに凄いな。しかもあの容姿ですよ。あれだけ可愛くて強けりゃさぞかし人生イージーモードだろうな。俺もそんな完全勝利味わってみたい。

まあ、一度死んだのにこうしてのうのうと生きてる時点で相当恵まれてるんだから、贅沢《ぜいたく》は言えない。しかも結構な額の金を苦労もなくゲットしてるんだ。これ以上望むのは罰が当たる。

さて。軍資金も集まったことだし装備品を揃《そろ》えて、まずは無難に街近辺のモンスター討伐依頼でもこなすとしましょうか！

◆　◆　◆

「……へ？」

おかしい。

絶対おかしい。

さっき受注したクエストは、冒険者ギルドに張り出されていた中で最も難易度の低いものだった。

具体的には【城下町周辺のモンスターを五体討伐せよ】というアバウトな内容。

初心者用の腕試しだと思っていた。

だからフィールドで待ち構えている敵はスライムとかゴブリンとかデカめのカエルとか、そんなイツメンの雑魚共じゃなきゃおかしいんだよ。そうだろ？

なのに……

「グルルルルルル……」

なんでドラゴンがいるの？　ここフィールドだよ？　塔の最上階や洞窟の最奥部じゃないよ？

しかも黄金色。人でもモンスターでも外見で判断しちゃダメなんだろうけど、見るからに上位種だ。少なくとも人里の近くをウロつく雑魚モンスターってツラ構えじゃない。

更に問題なのは、その黄金ドラゴン以外のメンツだ。

口から硫酸でも出してるのかってくらい湯気を立てているオレンジ色の巨大熊、見るからに堅そうな黒光りしている巨大ゴーレム、蜘蛛《くも》みたいな顔した禍々《まがまが》しい鳥の群れ、八本の足で陸地を疾走する巨大イカ、全身真っ青でパンツ一丁の一つ目巨人……

そいつらが全員、一斉にこっちを見ている。

何これ。どういう状況？　冒険者になって最初の外出がこれ？

……どうしろと？

「う……うわあああああああああああああああああ!!」

おい冗談じゃねぇぞ！　さっき死んだばかりなのに死んでたまるか！

こっちはモンスター討伐の経験ゼロ。それなりに高額の装備品で固めているとはいえ、あんな如《い》何《か》にも魔王城前に出て来そうなツラ構えのモンスターに勝てる訳がない。

ここは逃げ一択だ！

「ケケケケケケケケ」

うわっ！　鳥が回り込んで来やがった！

身体が小さいからこの中ではまだ戦えそうな奴《やつ》らだけど、明らかに毒持ってそうなんだよな。

毒消しのアイテムも魔法もないんだよこっちは。

「キュキュキュキュキュ」

イカにまで追い付かれちまったよ！　どういう機動力してんだ！

そもそもテメェらの棲息地《せいそくち》じゃねーんだよ陸地はよお！

クッソ……他のモンスターどもはチンタラ移動してるのに、こいつらが足止めしやがるから逃げ切れない。寄って集《たか》って襲ってくるんじゃないよ、こんな冒険初心者をさあ……

多分、ここで死んだらもう一回転生って訳にはいかないよな。適合する肉体がそう都合良くあるとも思えない。

冗談じゃねーぞ。転生したら余命2時間でしたとか、どんな悪夢だよ。剣や自販機に生まれ変わった方がずっとマシだ。

何かないか？　ここから生き伸びる方法が何か――

「あっ……」

不意に目が合う。

人がいた。こんな街でも村でもないフィールドの真ん中に。

それだけでも幸運だというのに、俺の視界に収まっているこの人物は……間違いないぞ。

さっき見たレベル78の女性冒険者じゃん！　マジかオイ！

「すいません！　助けて貰えませんか!?」

彼女は遥《はる》か格上。助けを求めるのに恥だとか一切思わない。

でも……

「私……ですか？」

向こうは明らかに青ざめていた。

いや何でだよ。レベル78なんだろ？　この辺のモンスターなんて朝飯前、ちょちょいのちょいじゃないのかよ！

幸い、俺を追いかけてきたモンスターたちも彼女を視界に収めた瞬間に動きを止め、後退《あとずさ》りさえ始めている。彼女が世界最高のレベル78であることに疑いの余地はない。

なのにだ。

肝心の本人が生気を失《な》くした顔で俺を凝視しているのはどういう訳だ……？

「い、いや～……それはちょっと……」

何この頼りなさ！　顔にも仕草にも精悍《せいかん》さが見当たらねーぞ!?

「間違ってたら申し訳ないんですけど、レベル78の冒険者さんですよね？」

「そ、そうですね……その通りかもしれません。多分合ってると思います」

どうして曖昧？　しかも全然こっちと目を合わせようとしない。

「俺まだ冒険者になったばかりで、あのモンスター連中がどれくらい強いのかさえわかってないんです。初対面の貴女《あなた》にこんなことをお願いするのは筋違いですけど、できればやっつけて頂けると」

「それは……無理です」

「え？　なんで？」

思わず素で返してしまった。心なしか周囲にいるモンスターたちも『は？』ってツラだ。

「無理なんです！　ごめんなさい！　本音を言うと『なんでこんなことに巻き込まれなきゃいけないのかな？　一人で勝手に死ねばいいのに』って思ってます！」

おい正直過ぎるだろ！　歯に衣《きぬ》くらい着せろや！

「あの……落ち着いて聞いて下さい。私、今から真実だけを言います。本当に嘘《うそ》はついてないですから。取り乱さないで下さいね？」

ギルドの受付といいこの冒険者といい、なんで凶戦士キャラを強いられるんだ……

俺そんなにバーサーカーっぽいか？　一応座右の銘は『人畜無害』なんだけどな。

「私、レベルは78だけどステータスの数値はほぼ運に配分されてるんです。運極振りなんです」

「ウンゴクフリ……？」

「はい。だから戦闘力は全っ然ありません。これホントなんです」

……訳がわからない。レベル78で戦闘力皆無？　そんな奴いるの？

余りにも衝撃的なその暴露に、俺どころかモンスターの群れまで露骨に聞き耳を立てている。

黄金ドラゴンなんて首まで長くしてんぞ。今更だけど、こいつら人語解するんだな。

「えーっと……信じない訳じゃないんですけど、どんな経緯でそうなったんですか？」

「気付いたらレベル78だったんです。自分で鍛えた訳じゃなくて、最初に測定した時点で」

「マジで……？」

「マジです。多分前例はないと思います。凄くビックリされて、チヤホヤされて、取材とか一杯受けましたから」

天才卓球少女とかＩＱ１５０の少年みたいなノリだな。

「きっと知らない間にマギをたっぷり増加させてくれるメタリックなモンスターを踏んだか何かだと思います。それでメチャクチャ運が良いハッピーラッキーガールって判定されて運に偏ったステータスになったのかなって思ってるんですけど……どう思います？」

「いや俺に聞かれても」

答えられる訳ないだろ。この世界の住民になって2時間なんだよ俺。長年この世界の住民でいらっしゃるモンスター様御一行も『わっかんねー』って顔で見てますよ。

「でも、だったらなんで冒険者になったんですか？」

「領主とか聖職者の皆さんから『レベル78なんだから、わかってるよね？』って空気をずっと出されて……」

成程。理系で偏差値78なのに文系を専攻しようとした女子高生、若しくは文系で偏差値78なのに理系を専攻しようとした女子高生みたいなもんか。

「なので頼られても困ります！　できれば別方向に逃げちゃって下さい！」

「まあ……倫理的にはそうすべきなんでしょうが」

道理で戦ってる所を誰も見てない訳だ。そもそも戦ってもいなかったんだな。で、強運のおかげでバレずに済んだと。この状況で一番出会っちゃいけない冒険者に出会っちまったな……

説明を聞き終えたモンスターどもは、俺よりもむしろこの運極振り女性冒険者の方に興味津々。

ここで俺が逃げたら、むしろ彼女が大ピンチだ。

「あ、あれ～……？　なんか私睨《にら》まれてませんか？」

睨まれてるよ。なんなら睨まれてるよ。『こいつ実は雑魚じゃね？』って。

「もしかして私、ターゲットにされてる？　一人になった途端メシャメシャでバキバキでジュクジュクにされちゃうのは私？」

絶望の声が聞こえる。つーかグロを擬音で表現するな。

参ったな。こんな貰い事故でこの子を死なせる訳にはいかないぞ？　自分だけ死ぬのは仕方ないけど他人を巻き込むのは絶対ダメだ。人様に迷惑かけてまで生き長らえる価値は俺にはない。

「そんな……せっかくここまで誤魔化し誤魔化しでやってきたのに……」

レベル78での単独行動。

それはきっと、彼女がパーティを組んでいないからだ。

恐らくギルドでもレベル78って数字だけで一目置かれてしまっていて、本当は強くないってバレないように孤高を気取っていたんだろう。

わかるよ。俺もそうだったから。

大学生になった直後、中身のない奴だって思われたくなくて誰にも声を掛けられなかった。

たかがそんなことから転落は始まった。

どうする？

戦いもこの世界にも素人の俺と、運以外スカスカの彼女。普通に戦えば全滅は必至だ。

なら弱者同士、協力するしかないよな。

「名前は？」

「え？　コレットですけど……」

「コレット。巻き込んで本当に悪かった。申し訳ない。でも、こうなった以上は生き残ることを第一に考えたい。俺への恨みは一旦置いといて、そっちに集中して貰えると助かる」

敬語を止めたのは、言葉の気遣いすら邪《や》魔になると思ったからだ。それくらい切羽詰まっている。

生前の俺は、警備員でありながら要人警護なんて一度もやったことがなかった。

そりゃそうだ。ボディーガードは相応の人材にしか与えられない花形の職務なんだから。

なのに警備員じゃなくなった途端コレだ。皮肉なもんだよ人生は。

「私、運しか取り柄ありませんけど大丈夫ですか？　途中で裏切りませんか？　背中を見せた途端ギャバァーッて襲って来ませんか？」

「この状況で裏切る奴は頭おかしいだろ……」

どうやらこのコレットという女性冒険者、ちょっとした人間不信に陥っているらしい。

過去に何かあったのかもしれない。

だけど――

「ですよね。だったら……やるしかないよね」

覚悟が決まったみたいだ。

「向こうも向こうでコレットの力を量りあぐねてる感じだ。利用しない手はない」

「どうするの？」

「逃げる。そっちも装備品は充実してるっぽいしな。多少後ろから攻撃を受けても大丈夫だろ」

俺の装備品は、防具屋で予算だけ言ってコーディネートして貰った一式。鎧も盾も防御力がどの程度なのかは全くわからない。ってかこの世界の鎧って意外と軽いんだな。身につけてもそんなに重量を感じないし普通に動ける。

コレットは白銀の鎧を中心に、決して派手じゃないけど高級そうな防具で全身を固めている。

如何にも戦乙女って感じだ。

「街の方向はわかるか？」

「うん。ここから北北西」

「なら、そっちに向かって全力で走る。そうすれば、あの中で一番機動力のある鳥のモンスターが最初に追いついてくる筈だ」

「……わかったよ。君が何を言いたいか。合図をちょうだい」

どうやら俺の意図を汲んでくれたようだ。助かる。皆まで言えば人語を解するモンスターどもにもバレちゃうからね。

勿論、逃げ切れればそれがベストだ。でもそう都合良くいくとは限らない。

だったら戦力の分散を試みるしかない。

まずは鳥モンスターと他のモンスターを引き離し、鳥モンスターだけと戦う！

「3、2、1……GO！」

合図と同時に駆け出す。

といっても全速力じゃない。すぐバテちゃ意味ないからな。持久走はガキの頃から割と得意だ。

街までの距離はそれほどでもない筈だし、このペースならなんとか走りきれる。

「はっ……はっ……」

コレットも俺とほぼ変わらない速さで走っている。運に極振りの割には中々――

「は～……ひ～……ひゅぇ～……もうダメ～……死ぬ～……」

あ、そうでもねぇな。既に死にそうだ。黒髪ロングの正統派美少女なのに、身体を上下左右に揺らしながら終始変顔を披露している。

「どうして私が……こんな拷問……はへぇ～……ヒィィ……おっおっ……んほぉ……」

……イロモノなの？

でもヘロヘロになってアヘ顔晒《さら》しながらもスピードはそんなに落ちてない。ここまで彼女が命も立場も守り抜いてきたのは、幸運だけじゃなくこの根性あってこそかもしれない。

「よし一旦ストップ！」

「へぁ～」

コレットが倒れ込んだ瞬間、上空からあの蜘蛛みたいな顔の鳥が3羽襲って来た！

「こんにゃろ！　やってやらぁ！」

冒険者ライフの為に俺が選んだ武器は——こんぼう。

別に奇を衒《てら》った訳じゃない。

この【スタイリッシュこんぼう】は警棒と似た形状で、俺にとっては扱い易《やす》いんだ。

とはいえ対人間を想定した警棒とは扱い方が根本から異なる。まして飛来する敵への攻撃なんて難易度高すぎ。振り回してもどうせ当たらないだろう。

ここは一旦武器を離して盾で防ぐ！

「ケーッ!!」

両手で構えた盾に、鳥モンスターは立て続けに体当たりをかましてきた。

単調な攻撃で助かった……

「げ」

と思いきや盾溶けてんじゃん！　嘘だろ!?

毒か!?　あの蜘蛛みたいな顔から毒吐いたか!?

「ケケケケケケ」

うわー……ダメだ、穴開いちゃってるよ。もう使い物にならないなコレ。

盾が使い捨てかよ。そこそこの値段したのに。最悪だ。

「おいコレット。まだ回復しないか？」

「だっ大丈夫……もう……うぷ」

うぷって……この後に及んでゲロイン属性追加はマジ勘弁して下さいね。

戦力分散には成功したけど、あの一番弱そうな鳥どもですらあんなヤバい攻撃してくるんじゃ厳しいな。やっぱり隙を突いて逃げるしかないか？

「キュキュキュキュキュキューッ！」

うげっ！　もう来やがったのかよ陸上大王イカ！　八本の足を小刻みに動かして地面を這《は》うように動きやがる。俺の倍くらいの身体なのに器用すぎるだろ……しかもあのイカ、全身濃い紫に変色してんぞ。今にも毒入りのイカスミを吐き出してきそうだ。

「なあ。何か対抗手段……」

「なんで私がこんな目に遭わなきゃいけないの何も悪いことしてないのに大体私なんてどうして生まれてきたんだろ私は何がしたかったんだ私は誰だ」

コレットは疲れ過ぎて意識が宇宙に飛んでいる。これじゃ逃げられそうにもない。

他のモンスターはまだ遠くの方にいるけど……足が遅いと決め付けない方がいいな。

こいつらを先に行かせて慎重に様子見してるだけかもしれないし。

「ハァ……ハァ……」

「グフフフフ」

「キュフゥー……キュフゥー……」

……なんだあいつら。ずっと息切れしているコレットを凝視して愉快そうに小躍りしてんぞ。

えっ何？　興奮してんの？　人間の女性が息を荒くしている姿に劣情催す系？

マズいぞ。鳥は毒で鎧や衣服を溶かす係、そしてイカの方は完全に触手プレイ要員じゃねーか。

完全にバッドエンドの流れだ。転生初日からなんてこった。

「……ごめんなさい……ハァ……足手まといで……」

ようやく人語が話せる程度には回復したか。

でもそうなるとコレットに欲情していたモンスターどもが普通に襲って来る。

それまでに何か策を練らないと。

「何言ってんだよ。悪いのは巻き込んだ俺――」

「だから、一緒に死んでくれる？」

……はい？

「だってもう無理だよ！　あの弱そうな鳥とか住むとこ間違えたイカでも勝てそうにないのに向こ

うにはドラゴンとか控えてるんだよ!? もう詰んでるじゃん! どうがんばっても勝てないよお!!

……だから一緒に死んで?」

えぇぇ……何コイツ。

ヤバい奴じゃん。追い詰められているとはいえ情緒もおかしい。

「一人で死にたくない。一人で死にたくない。実家でもぼっちで冒険中もぼっちでギルドでもぼっちでずーっと一人ぼっちだったのに最期までぼっちとか絶対無理。せめて今際《いまわ》の際《きわ》くらい誰かに寄り添ってたいの! この際行《ゆ》き摩《ず》りの男でもいいからあ!」

「言い方!」

いや混乱するのは仕方ないにしても、し方ってもんがさあ……何なんだこのレベル78。

何にしてもこのままじゃ策もクソもない。まずはコレットを落ち着かせないと。

「いいかコレット」

肩に手を置き、じっと目を見る。こんなことを女子にするのは初めてだ。

「フラットだ。心も身体もフラットにするんだ。力を抜け。全身に力が均等に行き渡るイメージで深呼吸しろ」

「すぅ……はぁ……」

こんな素性もわからない初対面の俺の言うことを素直に聞くあたり、真面目で良い子なんだろうな。

死なせちゃいけない。最悪、俺がまた死ぬことになっても。

「息は整ったな。なら俺が合図したら街の方に向かって逃げろ。まだ距離はかなりあるからペース配分間違うなよ」

「え？」

「俺が囮《おとり》になる。悪いな。一緒に死ねなくて」

このまま二人で逃げていてもまた追い付かれる。

その度にコレットが息切れしていれば鳥やイカには襲われないかもしれないけど、流石《さすが》に黄金ドラゴンどもはもう黙っちゃいないだろう。

連中がいよいよコレットに戦闘力がないと確信したら、その瞬間に全てが終わる。

防ぐ方法はない。

俺にできるのはせいぜい別方向に逃げて時間を稼ぐくらいだ。

「途中、凄腕の冒険者と遭遇したらこっちに助力するよう頼んでくれると嬉《うれ》しい」

「そんな偶然……」

「運極振りなんだろ？　俺はこんな所で死にたくないんだよ。だから頼む」

ここは俺に任せて君は逃げろ――

一度は言ってみたかったセリフだ。でも実際その場面に出くわしてみると中々言えないもんだ。

……ああ、そうか。今わかった。

こりゃ夢だ。死ぬ直前の俺が、こんな最期を迎えたいと頭の中で思い描いた願望を走馬燈《そうまとう》代わりに見てるんだ。

異世界転生願望があった訳じゃないけど……どうせ死ぬなら一度くらい今の自分じゃない自分になってみたかった。そこでカッコ付けて死にたかったんだ。

自分が囮になって、世界最強で可愛い冒険者を逃がす。

如何にも俺が考えそうなカッコ良い死に方だ。うん。悪くない。

このまま良い気分で――

「まだ名前聞いてなかったよね」

でも、コレットは逃げてくれなかった。

息を整えゆっくり立ち上がり、ずっと腰に差したままだった剣を抜く。

その瞬間、明らかにモンスター連中の目の色が変わった。

「トモだけど……」

「トモ。逃げるのはそっちだよ。知ってるでしょ？　私、体力ないから逃げ切れないよ」

「でも防御力もないだろ！　殺されるぞ！」

「なら神回避に期待してよ」

無茶だ。敏捷性も高いのならまだしも、運だけで回避はできない。

「さっき言った冒険者になった理由、半分は本当だけど半分は嘘」

……急になんだ？

「私の両親、私を売り込む為にいろんな所と商談をまとめて、お偉いさんとか有名なお店の人たちと仲良くなってたみたい。この武器も『レベル78が使ってる剣』って宣伝するために持たされた物。私の人生に私の意志はなかった」

「……」

「最後の瞬間くらい、自分の意志で迎えたいよね」

何も言えない。反論しなきゃいけないのに、その言葉が出て来ない。

俺も……全く同じことを考えていたから。

「はぁ……やっぱ現実か」

「え？」

「こっちの話」

結局、数時間生き長らえただけ。儚《はかな》い転生だった。

でも仕方ない。巻き込んだ相手を犠牲にして生き長らえたところで、そんな命に価値はない。

「わかったよ。一緒に戦おう。でも俺は死ぬつもりなんてないからな」

「トモ……」

打つ手はない。でも死ぬギリギリまでコレットが死なずに済む方法を模索する。

他人と交わらずに生きてきた俺が、何か意味があって数時間だけ生き長らえたのは——この最期を迎える為だ。

「うん。ありがと」

それだけを告げ、コレットはぎこちない所作で剣を掲げた。

もう警戒する必要もないと判断したんだろう。遠くにいた筈のドラゴンらが猛烈な勢いで近付いて来る。案の定、本気になればとてつもないスピードだ。

「まず私が切り込むから。骨は拾ってね」

本当に拾う訳にはいかない。

腹を括《くく》れ。一度死んだ身で命を惜しむな。コレットを守るんだ。

警備員時代は警備対象を守る為に日々を費やした。でも自分の意志で誰かを守るなんてことは一度もなかった。生前の経験なんて全く活《い》かせない。現実の転生なんてそんなもんだ。

それでも俺は——

「え————い！」

俺……

「……は？」

いやいやいや。いやいやいやいやいやいやいや。

えっ……何？

今さ……

天変地異か何か起こらなかった？

「……あれ？」

コレットが呆然《ぼうぜん》としている。

そしてその視界の先には、明らかに地形が変わった大地が広がっている。

何が起こったのかは見えなかった。でも何が起きたのかは状況から判断できる。

最初に襲って来た鳥モンスターに向かってコレットが剣を振るった。

その瞬間ハリケーンのような衝撃波が生まれ、鳥とイカをまとめてグチャグチャに引き裂いた。

ついさっきまで威勢良く突進していたドラゴンら後陣のモンスターも呆然と立ち尽くしている。

「私……？　これやったの……」

コレットは引きつった顔でそう聞いてくる。『実はやっぱり最強の冒険者でしたー！』と種明かしするような様子もない。本気で自分がやったことに困惑しているみたいだ。

正直訳がわからない。わからないけど――

「そうだよそうだよ！　コレットさんもうやっちゃってやっちゃって！　全員殺《や》っちゃって！」

「うん殺っちゃう殺っちゃう！　てってやー！　た――！　と――っ！」

「ピギャアアアアアアアアア!!」

断末魔が間断なく響き渡る。

恐らく――俺たちを襲ったモンスターはいずれも強敵だったんだろう。

でもそんな彼らをコレットはまるで障子紙を破る子供のように切り裂きズタズタにしていく。

「ゲヴォォォォォォォ……」

普通さ、黄金のドラゴンが弱い訳ないじゃないですか。翼を広げた時の貫禄《かんろく》も凄いし、攻撃の際に目も青白く光ってたし、何なら口から稲妻っぽいのを吐こうとしてたんですよ。

そのゴールドドラゴンがコレットの一振りでね、グシャッですよ。

わかります？　真っ二つとかサイコロステーキとかじゃないんです。

それはもう見るも無惨に潰れちゃったんですよ。目玉とかドピュッて飛び出て。

「はぁ……はぁ……はぁ……」

目前に迫っていた死が回避できた安堵《あんど》感。助かったことへの率直な喜び。味方のコレットが敵を無双する爽快感や頼もしさ。そしてコレットがレベル78に相応《ふさわ》しいパワーとスピードを見せた謎。

「……トモ」

「ああ。そうだな」

それらより何より、俺らがまず思ったことは。

「グッッッッッッッッッッロ!!」

戦場に舞い散るモンスターたちの肉片に対する生理的嫌悪だった。

◆
◆
◆

タガタガタガタガ
ガタガタガタガタガタ

――とまあ、そんな感じで俺の冒険者生活はスタートした訳だけれども。

「引退します。今までお世話になりました」

コレットと共に冒険者ギルドへモンスター討伐の報告を行った時点で『俺、がんばったよね。もうゴールしていいよね』の心境だったんで一線を退くことにした。

「なんで!? 私たちついさっき一緒に死線くぐり抜けた仲だよね!? 何にも相談受けてないよ!?」

「そうは言っても出会って間もない他人ですし」

「なんでそんな余所余所《よそよそ》しいの!? フィールドではもっと馴《な》れ馴《な》れしかったじゃん! 心通じ合った感じあったよね!?」

ないないないない。全然ない。つーか怖い。だって運しか取り柄ないとか言っといてアレだよ?

「悪く思わないで欲しいんだけど、俺さ……ゴールドドラゴンを一撃でミンチにしちゃう奴と親しくするなって親に言われてんの。ゴメンな」

「絶対嘘じゃん! ねえ、もしかして私が怖いの? 自分がああなるって思ってる? 私そんなことしないよ?」

「いやあ……なんか全然自分でコントロールできてない感じじゃないですか。『やっほー元気?』って背中叩《たた》かれた瞬間に全身破裂とかマジ無理なんでごめんなさいね」

「だから他人行儀な言い方やーめーてー!」

何故かコレットはあのたった数十分の出来事で俺を仲間認定、或《あ》いは友達認定しようと必死だ。

いや俺だってさあ、こんな可愛い子とお近付きになれれば『異世界最高！』って叫びもするよ。普通の出会いだったら。

でも無理だよ。グロいんだもん。グロ量産しそうだもん。グロインだよもう。

「あ、あの……新人さんの引退は一先《ひとま》ず保留して、まずコレットのステータスを確認しましょう」

さっき世話になったばかりのショートカットの受付嬢が、苦笑いを浮かべながらマギソートをテーブルの上に置く。

この受付嬢、なんでもギルド内でコレットが唯一話をする人らしい。事情を話したら人目につかないようにと奥の控え室に通してくれた。

コレットの運に偏ったステータスについて、ギルドの従業員たちは勿論知っている。

ギルドとしてもレベル78の有名冒険者が実は運極振りの雑魚と周知されるのは沽券《こけん》に関わる為、情報が漏れないよう努めているらしい。

それでも普通ならすぐバレそうなものだけど、コレットの豪運はそんなあり得ないことを平気で実現できたみたいだ。

「生命力１３０７……えっ」

「えっ」

二人が顔を見合わせて呆然としている。

この時点で既にステータスが変わっているってことなんだろう。

「攻撃力１３０７、敏捷性１３０７、器用さ１３０７、知覚力１３０７、抵抗力１３０７、運１３０７……全部一緒の値になっていますね」

「本当だ……なんでだろ？」

つーか全能力四桁ってスゲーな。俺確か生命力以外二桁だぞ。一桁もあったし。

「ここまで均等だと何らかの干渉があったと考えるべきでしょうね。念の為、もう一度新人さんのステータスも確認してみましょうか」

「あ、はい」

もしこれで俺にも同じ現象が起きていたら、戦闘中に何か呪いのようなものをかけられたと見なせる。けど多分変化なしだろう。特に身体が軽くなったとかパワーが付いたって感じはない。

「生命力２５５、攻撃力36……さっきと同じですね。相変わらず精力ビンビンです」

下ネタ好きなの？

「俺が精力ビンビンだったらコレットはどうなるんですか」

「それはもう、お固い女ですよ」

誰が上手《うま》いこと言えと。

「モンスターの仕業ではなさそうですね。他のモンスターはともかくゴールドドラゴンがこの近辺に出没するのは珍しいんです。あのドラゴン、宝石好きで有名なんですよ」

「ですよね！　だからつい近付いちゃって……そしたらトモが逃げてて」

ああ、だからあんな所にいたのか。そういや宝石の鑑定にも来てたっけ。宝石ハンターなのか？

「あのドラゴン、防御力凄く高いんです。市販の武器だと太刀打ちできないから嫌がる冒険者が多いんですよね」

そんなヤバいモンスターだったのか。格上とランダムエンカウントするエリアなんだろうか？

「魔王城の一番近くの街だから、それくらいの強敵が出没するのは仕方ないんだけどね」

……ん？

なんか今、ヤバいことをサラッと言ってなかったか？

「あの、ここって魔王城の近くなんですか？」

「知らないで来たんですか……？　ここは最果ての地、魔王城ヴォルフガングの最寄りの街です。っていうかレベル18でどうやって辿《たど》り付けたのかずっと聞きたかったくらいなんですが」

……なんてこった。

ここってRPGで言うところの終盤の街なのかよ！

それどころかマジ最果て。マズいな……どんだけーのニュアンスで最果てーって叫んでみたくなってきたけど、今はそれどころじゃない。

終盤の街だったら、どう考えてもレベル18は適正じゃない。RTAガチ勢かよ。

この受付嬢が『凄い』って言ってたのはレベルが高いって意味じゃなく、むしろこんな低いのにここにいるのが凄いって意味だったのか。

もしかして、この身体の持ち主だった人のレベルと俺のレベル（多分1）の平均値になっちゃったのか？　にしたって低すぎる気がする。

何にせよ、転生のことは伏せておいた方がいいだろう。

この世界に転生者がどれくらい存在しているかわからないし、仮にゼロだったら頭のおかしい奴と思われるだけだ。

「すいません。そこは禁則事項なんで」

「何に対してのかはわかりませんけど、そういうことでしたら無理にとは言えませんね」

話のわかる受付嬢で助かった。

「ステータスの変化はコレットにだけ起こった現象のようです。戦闘中、何か予兆やきっかけのような出来事はありませんでしたか？」

「んー……どうかなー……」

コレットは天を仰ぐようにして回想を始めた。俺もそれに倣い、さっきの戦いを思い返してみる。

でもこれといった場面には思い至らない。

「では少し視点を変えてみましょう。これだけ各パラメータが均等な値になっているということは、均一化が図られたと見なすべきです。それについては何かありませんでしたか？」

均一化か。成程、良い視点だ。確かにそうだよな。

均一、均等……

『いいかコレット。フラットだ。心も身体もフラットにするんだ。力を抜け。全身に力が均等に行き渡るイメージで深呼吸しろ』

……あ。

「あーっ！　アレ！　ほらトモが言った！」

どうやらコレットも同じ場面を思い浮かべたらしい。

そうだよ。俺がコレットにそんなことを言ったんだ。

特に何かを狙った訳じゃなく、何気なく言った言葉だったけど……

「これがトリガーだったんじゃないかな。私を触りながら言ったよね」

「え……戦闘中に触ったんですか？　何処ですか？　もっと詳しくお伺いしたいです」

「それがね。聞いてよマルガリータ。トモってば私がテンパってるからって急に肩を抱いて……」

「落ち着かせる為に肩に手を置いただけだろ！」

つーか受付のお姉さんマルガリータって言うんだ。確かにマルガリータって感じの外見だけど。

「トモさん。そういう能力をお持ちという自覚は？」

「いえ全く」

「だとしたら突発的取得型のスキルかもしれませんね。試してみる価値はあると思います」

コレットもやってみようぞいってポーズでコクコク頷《うなず》く。勿論、断る理由はない。

今はステータスが均一になってるんだから、俺の言動で変化しているかどうかを試すにはどれかのパラメータに偏るよう言えばいい。

「それじゃ……」

コレットの肩に手を置くとマルガリータさんが何故か顔を赤らめた。この人も大概アレだな……

「えーっと……『運極振り』」

これで後は再びコレットのステータスを確認するだけだ。

果たして——

「生命力78、攻撃力78、敏捷性78、器用さ78、知覚力78、抵抗力78、運……8681」

「決まりだ！」

恐らく運以外のパラメータはレベル78における最低値なんだろう。それ以外の数字は全て運に割り当てられている。完璧な運極振りだ。

間違いない。コレットのステータスを操作したのは俺だった。

ってことは宝石じゃなくこの能力が転生特典なんだろうか。それとも両方？

「トモ、これって自分自身にもできる？」

「わからない。試してみよう」

コレットに触れたように、今度は自分の両肩に自分の両手を置いて『運極振り』と口にしてみる。

「……変化はありませんね。御自身の操作はできないみたいです」

ってことは他者限定か。つまり支援系スキルだ。

他者の各パラメータの配分を変更し、ステータスを書き換える力。

すなわち【ステータス操作】。

それが、この世界における俺の異能。

俺だけの個性だ。

「信じられない……そんなことができる人がこの世にいるなんて」

「私も。だけど実際、数値だけじゃなくてこの身をもって体験したから間違いないよ。トモは神に愛された特別な存在なのかも！」

特別な……存在？　俺が？

大学合格が人生のピークで、後は惰性で生きているような人生を送っていた、この俺が？

「実際、凄い能力ですよこれ。戦闘中にもステータスを弄《いじ》れるのなら、攻撃を仕掛ける時に攻撃力全振り、相手が魔法で攻撃してくる時には抵抗力全振り……みたいに操作すれば、どんな強敵でも倒せますすよ」

「だよねだよね！　私、初めて自分がレベル78だって自覚できたもん！」

俺以上に二人の方が高揚している。それほど稀少《きしょう》で有用な能力なんだろう。

使い方次第ではチートと言ってもいいくらいのスキルだ。

けど――

「今日で終わりなんだけどね。冒険者」

「……え？」

グロいのは嫌なので引退は撤回しませんでした。

第二話　終盤の街はエンタメ重視

異世界生活2日目の朝は清々《すがすが》しい目覚めだった。

コレットから紹介して貰《もら》ったこの宿、前世で住んでいたアパートやビジネスホテルとは広さが全然違う。16畳くらいあるんじゃないか？

ベッドは少し固いけど十分安眠できるし家具も最低限揃《そろ》っている。勿論《もちろん》テレビやスマホ、その他家電製品は一切ないから生活水準はガラッと変わるけど、いずれ慣れるだろう。スマホ依存だったらヤバかったかもな。

嬉《うれ》しい誤算はトイレ。このアインシュレイル城下町では聖水が潤沢にあって、その聖水をトイレ用に改良して綺麗《きれい》サッパリ浄化してくれる液体が安価で流通しているらしい。だから洋式っぽい便器に聖水を溜《た》めるだけというシンプルな構造で衛生面が保たれている。一方でそれ以外の生活排水や産業排水に関しては下水道を通して一所《ひとところ》で浄化するシステムらしい。

にしても昨日は色々あったな。生と死と人生最大の危機と就職と退職を全部体験するとは。

特別なことは何もなかった前世が嘘《うそ》みたいに濃密で激動の一日だった。

宝石を売って得た軍資金の残りは６０００Gほど。宿代がシングルで一泊77Gだったから、感覚的には大体１G＝１００円くらいだ。つまり手元にあるのは約60万円ってことになる。

すぐ金欠にはならないだろうけど早めに収入源が欲しくもある。

……もう少し残しておけばよかった。装備品一式だけで60000G以上だもんな……終盤の街だから武器防具は総じて高額なんだろう。

あ、そうだ！　売ればいいんだ。

盾は溶けちゃったけど他の装備品は無事なんだし、もう冒険者辞めちゃったからね。3割くらいで買い取って貰えれば十分な額になる。

昨日購入した店……いや、その前にルウェリアさんたちの武器屋に顔を出してみるか。相場とか聞けるかもしれないし。

そうと決まったら早速――ん？　ノックか。宿のスタッフかな。

「トモ、起きてる？」

この声はコレットか。そういや同じ宿に泊まってたんだったな。

「ああ。おはよう」

「おはよ。少し話をしたいんだけど、いいよね？」

……なんだろうな。若干の圧を感じる。

まだ『いいかな？』くらいの間柄だと思うんだけど。会って2日目だし。

まあいいや。話したいことがあるのはこっちも同じだ。

「それじゃ一階のロビーに行こうか」

◆
◆
◆

到着。

「引退、考え直そ？」

早いな！　まだ椅子にも腰掛けてないんだけど！

あと顔が近い。朝一でそんな目をギラギラさせなくても……

昨日と違って鎧《よろい》は身につけていないのに、むしろ今日の方が強そうに見えてしまう。

「……一応聞くけど、なんで？」

「私の秘密、っていうか素性を知ってる人が身近にいないと落ち着かないっていうか。できれば冒険者のままでいて欲しいなーって」

そういや昨日も宿に入るまで同じこと言ってたな。

嘘でも『貴方《あなた》と一緒に戦った時間が忘れられないの』とか言ってくれよ考え直すから。

「もう俺には用ないだろ？　昨日のアレでレベル78に相応《ふさわ》しい能力になったんだから。それともアレか？　『実は昨日まで運だけしか取り柄のない冒険者でした』ってバラされるのがそんなに怖いか？　まさか口封じとか考えてないよな……？」

「まさか！　そんなことしたら私真っ先に疑われるよ！」

「せめて倫理的な理由にしようか」

昨日から思っていたけど、このコレットさんはどうにも会話が下手というか要領が悪い。

頭自体は悪くないし性格も真面目だと思うけど、本音をオブラートに包む技術がない。

下手したら俺以上に他者と関わってこなかったのかもしれない。

「うー……せっかく隠しごとなしで一緒に仕事ができる相手が見つかったと思ったのに……なんで引退するのー……？」

「いやだから昨日言ったでしょ。モンスター怖いし死にかけるの嫌だしグロいのも嫌なんだよ」

昨日は本当に運が良かった。

偶然、俺の【ステータス操作】が発動したから生きて帰って来られたけど、あれもコレットの豪運あってこそ。俺個人のステータスだと運の値は2なんだ。次はない。

レベル18で終盤の街周辺のモンスターと戦うのは無理。レベリングも不可能。序盤の街まで移動する手段は一応あるけど長い道のりになるし、辿《たど》り着くまでに死ぬのがオチだ。

「はぁ……そっか。決意は固いんだね」

コレットは諦めたように苦笑した。どうやら俺の本気を理解してくれたらしい。

「ならせめて私の目の届く所にいて。私から逃《のが》れないで。絶対に離れないで。いなくなったら私何するかわからない」

怖い怖い怖い!! 何これ新種のヤンデレ？

つーかやっぱり口封じする気満々じゃねーか！

「落ち着けって。一応しばらくこの街にいるつもりだから」

「本当に？　証拠は？　証拠はあるの？　証拠見せて早く！」

……なんで出会って2日目の人にこんな詰められなきゃならないんだ？　浮気してない証拠を要求してくるヤンデレ彼女かよ。

「わかったよ。じゃ俺の素性を少し話すから」

と言いつつ、転生の話はまだできない。昨日一晩考えた設定で茶を濁そう。

「俺、実は記憶喪失なんだよ」

「……え？」

「まあ記憶喪失っつっても何もかも忘れた訳じゃなくて、しっかり覚えてることと忘れてることが混在してる感じ。こうやって普通に言葉は喋《しゃべ》れるだろ？　でも常識的な知識とか、この街までの道中の記憶なんかが所々抜けちゃってんだよ」

この世界で生きていく以上、嫌でも素性については尋ねられることになる。その場合の最大の懸念は、この身体《からだ》の元持ち主について俺自身が全く知らないっていう矛盾だ。これを解消する為《ため》には、多少胡散臭《うさんくさ》いと思われるのを覚悟で記憶喪失を装うしかない。

「なんでそんなことになったの？　頭打っちゃった？　タンコブないか見てあげよっか？」

「外傷はないんだよな。心因性なのか呪いの類か……よくわかんないんだ」

変に特定しちゃうと後で絶対に整合性が取れなくなる。ここは曖昧にしておくべきだ。

そもそも、この身体の持ち主の記憶は全部消えちゃってるから『記憶喪失』って表現は真っ赤な嘘って訳でもない。堂々としてりゃいい。

「この街にトモのことを知ってる人はいないの？」

「今のところは。昨日助けて貰ったルウェリアさんや武器屋の御主人も初対面だったっぽいし」

「え。あの武器屋に借り作っちゃったの……？」

「何かマズいのか？」

「んーん。でもあそこって暗黒武器しか売ってないでしょ？　怖くて入れないんだよね」

そういや、なんか血塗られた槍《やり》みたいなのが床に落ちてたな。暗黒武器専門店だったのか。

終盤の街の武器屋って市販最強の武器を売ってるイメージだけど、そんな尖《とが》った店もあるんだな。

「とにかく、そういう境遇だから下手に動けねーの。しばらくこの街に滞在して記憶が戻るのを待つか、一人で生きて行けるよう生活基盤を整えるかしないと」

「そっか。大変だったんだねトモ。だったら冒険者引退できないね」

……こいつ何言ってんだ？

「だって生活基盤を整える為には仕事が必要でしょ？　記憶が曖昧だとできる仕事も限られるし。その点、冒険者なら私のサポートが得られるから大丈夫！　お帰りトモ。私信じてたよ。トモは絶対戻ってくるって」

目をウルウルさせながら圧をかけてくる。

まだ出会って2日目の人間にどんだけ固執してくるんだコイツは。

普通こんな可愛《かわい》い子に懐かれたら嬉しい筈《はず》なのに、怖さの方が上回って全く喜べねぇ。

にしても妙だ。幾らなんでも執着が過ぎる。何か他に事情があるんじゃないか？

あ、そういえば……

「なあ。昨日言ってたよな。『ずーっと一人ぼっち』って。仲間がいないのはレベル78詐欺だから仕方ないとして」

「詐欺じゃないもん！」

「もしかしてコレット、友達もいないのか……？」

俺の情け容赦ない指摘を受け、コレットは——その場に崩れ落ちた。

「なんで……そんなこと……言うの？」

「いや、もしかして友達がいないから寂しくて、偶々《たまたま》こうして気軽に話せる間柄になった俺にウザ絡みしてくるのかなと」

「言い方酷《ひど》くない!?　私そんなにウザかった!?」

どっちかっていうと怖かったです。

「まあ、斯《か》く言う俺も友達いないからさ。もしそういう理由だったら、別に冒険者同士じゃなくても仲良くしましょうってことで話がまとまるかなと」

「えっそんなことなくない？　私が冒険者でトモが別の職業だったらそっちの仕事で忙しくなって
すぐ疎遠になっちゃうでしょ？」

だから言動が逐一怖《こえ》えって！　束縛系ヤンデレはタチが悪いんだよ！

「だったら聞くけど。トモはこれから何の仕事して生計立てていくつもり？」

「……」

即答ができない時点でコレットの方が正論かもしれない。

でも冒険者だけは嫌だ。グロいのはマジ勘弁。昨日のモンスターの死骸が既にトラウマなんだよ。

仕事か……前世の経歴を生かすなら警備員なんだけど。ここの世界観だと警備兵とか自警団とか
その手の職業になるのかな。でも警備員とはちょっと毛色が違いそうなんだよな。警備員って別に
強くなくても務まるから。

理想としてはですね、パン屋など営みたいのですよ。

だってパンって老若男女に愛され続けている人類史上最高傑作の食品じゃないですか。

けどこの世界にパンがあるかどうかまだわかんないしな。

そもそも一朝一夕でなれるほどパン職人の道は甘くない。

となると、自分の強みを活《い》かせる職に就くしかない。だったら……

「ステータスの調整屋……とか。ほら、昨日目覚めた【ステータス操作】スキル使ってさ」

「それは無理だと思うよ」

随分とバッサリだなおい。

「トモはこの街で何の信頼も得ていないよね？　そんな人にステータスを弄《いじ》られたいと思う人がいると思う？」

「……ぐぬぬ」

思わずノリでぐぬぬ顔しちゃったけど、コレットの指摘内容は俺も懸念していたことだった。

ステータスの値は冒険者にとって死活問題。それを『ステータス変更承ります』と宣伝している得体の知れない奴《やつ》に弄らせるか？　俺なら絶対にしない。

「私ね、前に別の街で一度だけパーティを組んだことがあるんだ」

急に何の話だ？

……とここで聞くほど野暮じゃない。黙ってコレットの話に耳を傾けよう。

「レベルは偽れないからちゃんと申告して入れて貰ったの。そしたら、こっちが困惑するくらい歓迎されて……後に引けなくなっちゃったんだよね」

「そりゃまた随分と分の悪い賭けに出たな」

でも気持ちはわかる。

急に人恋しくなる時期って来るんだよ、ずっと一人でいると。

「市販してる一番良い装備品で固めたから一応モンスターは倒せたんだけど……強くないってすぐバレちゃった。その後、パーティの子たちはどうしたと思う？」

「そうだな。『なんだよ装備頼りかよカスだな』みたいな感じで散々罵倒して、街中に『実はこいつ運しか能のない雑魚なんですよ』って言いふらして、詐欺同然の奴と組まされて命を危険に晒《さら》したことへの慰謝料を請求して、毟《むし》り取るだけ取った後でパーティ解散」

「幾らなんでもそこまで酷くないよ!? あれ、そこまでされるほど罪深いのかな私……」

なんか頭を抱えさせてしまった。

「答えはね、何もされなかったしバラされもしなかった」

「なんだ。ならよかったじゃないの」

「だってその人たち、私の金運だけが目当てだったから。私がいた方がね、都合が良かったんだよ」

「……」

運極振りのステータスなのは調べればすぐわかる。そして運の中には金運も当然含まれる。

それだけのことだったんだろう。連中にとっては。

「私には普通に接して、裏では私を『金』って呼んでたって。『金づる』でもなく、そのまんま『金』。芸がないよね」

黒髪の毛先を弄りながら、コレットは半笑いで語った。

恐らく、ここみたいな高レベルのモンスターが蔓延《はびこ》る場所じゃなく楽に戦えるエリアだったんだろうな。最強装備なら地の能力が低くても一掃できるくらいの。

ならコレットが装備頼りでも特に問題はなかった筈だ。でもその連中はレベル78相手にマウントを取れるチャンスだと思い実行に移し、結果コレットは居場所を失った。

この憶測が正しいかどうかはともかく、コレットにとってキツい状態だったのは間違いない。

そんな最悪の経験をしてしまったらソロ専門になるのも仕方ないか。

「それでも冒険者を辞めなかったのは親のメンツの為か？」

「……どうだろうね。私もよくわかんないや」

コレットが自分の親にどんな感情を抱いているのかは、出会って2日の俺にはわからない。

けど、コレットにはコレットの矜持《きょうじ》があるんだろう。それは間違いない。

「わかってるのは、私のポンコツがバレたら各方面に恥を掻《か》かせるってこと。だからその元パーティの人たちにもね、口止め料を毎月送ってるんだ。きっと今でも私を『金』って呼んでる人たちに、毎月、毎月、毎月、毎月、沢山のお金をね、あげてるんだよ。フフッ」

矜持が歪《ゆが》み過ぎて怖ぇよ！

ダメだこいつ、もう引き返せないところまで来てる。

もう見栄《みえ》とか意地でもない、怨念のような執着心だ。

「信頼を得ようとがんばってもね、やり方を間違えるとこうなっちゃうんだよ。だから私はステータスの調整屋には賛成できないな。今からでも遅くないから冒険者に戻ろ？　そして私のパートナーになって、その能力を私だけに使うなんてどうかな。トモのおかげで身体能力はレベル78っぽくなれたけど戦闘技術は全然ないから、他の冒険者とパーティ組むのはまだ避けたいし。クエストの内容に合わせてステータスを最適化して貰えれば経験不足をカバーできると思うんだよね。トモだって私と実績を作っていけば少しずつ周りの信頼も得られるでしょ？　あ、これいい！　なんなら私が養ってあげていいかも！」

「いいかも！　じゃねーよ！　金でなんでも解決しようとするの悪い癖だぞ！」

「お願いだから見捨てないで！　自信ないの！　レベル78らしく振る舞う自信ないの！　私を独りにしないで～～～!!」

そんな土砂降りみたいな声で泣きつかれてもな。

要するに、今までは『ステータスが偏り過ぎて戦闘自体が無理だから仕方ない』って大義名分のおかげでコソコソ活動していても罪悪感はなかった。でもそれがなくなった今、レベル78の冒険者に相応しい存在でなければって責任感とプレッシャーに襲われている。そんなところか。

こいつは思った以上に面倒だ。顔は可愛いしスタイルも良いけどヤンデレの素質もたっぷり。

これ以上関わらない方が無難かもしれない。

でも。

俺をここまで必要としてくれる人は、今までいなかった。

「……わかったよ」

「えっ？」

「引退撤回はできないけど、コレットが周りから舐《な》められないようにする為の協力ならできると思う。相談相手というか……友達って形になるけど」

俺としては最大限の譲歩だ。

そして恐らく、コレットもそれを汲《く》み取ってくれる。

俺たちは、きっと似た者同士だ。

「うん。わかった。今はそれでいいよ」

コレットの右手が差し出される。習慣がないから気恥ずかしいけど、逃げる訳にはいかない。

「ありがと、トモ。これからも宜《よろ》しくね」

「こちらこそ宜しく」

第二の人生を自分らしく生きる。その決意表明の握手をガッチリと交わした。

◆　◆　◆

「まさかこんなに早く再会できるなんて思いませんでした。熱烈大歓迎です！」

武器屋の娘、ルウェリアさんの温かい言葉が胸に染みる。

けど、それとは対照的な視界が肝を冷やしてくる。

昨日は奥の裏口を使ったから売り場を見るのは今日が初めてなんだけど……うわぁ。

「なあコレット。ここにいて呪われたりしないよな？」

「だ、大丈夫なんじゃないかな……多分」

俺の小声に小声で返してくるコレットも顔面蒼白《がんめんそうはく》だ。

コウモリとサソリとムカデが絡み合って蠢動《しゅんどう》してる最中に押し潰されて死んだような形状の剣。

黒ずんだ赤に染まっていて鉄臭い匂いを発し続ける槍。

蛇の骸骨が業火に焼かれ断末魔の叫びをあげている姿を模した剣。

食虫植物が蠅《はえ》を捕まえる瞬間のような鞭《むち》。

深海生物のような気色悪いオブジェが二匹絡み合って昇天しているような杖《つえ》。

売り場に並ぶ武器は総じてそんな感じだ。

率直に不気味すぎる。世界呪術博物館とかじゃないよな、ここ……

「お気に召さないでしょうか……？　父も私もすごくお気に入りの武器なんですが……」

「え？　い、いや……その……」

しまった、ドン引きしてるのが顔に出ちゃった。恩人を前にこれはいけない。

「みんなすごくカッコ良いし強強《つよつよ》としてるし……この武器で魔王討伐をしてくれるご立派な冒険者の方が現れて、世界が平和になってくれたらいいなって……」

いや、この店の武器で魔王と戦っても謀反にしか見えないです！

……とは言えないいな。

「全然！　全然悪くないです！　なあコレット！」

「え？　あー……うんうん！　そうそう！　刺さる人には刺さるラインナップですよね！　刺さらない人には……ちょっと……アレですけど」

余計なこと言うな！　そういうとこだぞコミュ症！

「そうかもしれません。この城下町には5軒の武器屋がありますけど、ウチが一番流行《はや》ってませんし」

ほら見ろ。ルウェリアさんションボリしちゃったじゃん。

でも正直これ以上のフォローは無理だ。終盤の街だから冒険者の目も相当肥えているだろうし、余程威力のある武器じゃないと簡単には買って貰えないだろう。

ってかそれ以前に独自路線過ぎて繁盛するとは思えない。

「【八つ裂きの剣】もブラッドスピアコク深めも【蛇骨剣・怨】も【夢喰《ゆめく》い鞭】も【ディアボロスの鏖殺杖《おうさつじょう》】も、強面《こわもて》ですけどみんな良い武器なんです。みんな売れてくれればいいんですが……どれだけ魅力を説明してもお客様に伝わりません」

名前からして全力で殺しにかかってませんか……？　鏖殺杖って名称で呪われてないって、逆にコンセプトを詳しく伺いたいくらいだ。でも今日はそんなことをする為に来たんじゃない。

「ところでルウェリアさん。御主人はいらっしゃいますか？　相談したいことがありまして」

「おう、いるぞ。なんだ？」

奥にいたのか。つーか肩に背負ってる巨大な戦斧《せんぷ》、なんでギザギザの刃なんだ……？

そんな禍々《まがまが》しい斧《おの》見たことねぇよ……

「先日は大変お世話になりました。これ、昨日余所《よそ》で買ったこんぼうなんですけど、もう使わないんで譲渡しようかと思って持って来たんですが」

「心遣いは嬉しいけどよ、見ての通りウチで扱う商品じゃねーな」

でしょうね。この品揃えの中にスタイリッシュこんぼうがあったら浮くもの。

逆に意味ありげで気味悪いかも。

「ってか昨日買った武器を今日売るって、何があったらそうなるんだよ」

「こいつが目の前でモンスターをグチャグチャにしたんですよ。それで心が折れて」

「ん？　ああ、噂《うわさ》の78ちゃんか。まあ規格外に強《つえ》ぇ奴と組んで自信喪失するのは城下町あるあるだな。あんま気にすんな」

どうやら御主人は俺がコレットにプライドをへし折られて引退したと解釈したらしい。

実際はグロ耐性のなさが原因だけど、訂正する必要もないから黙っておこう。

つーかコレット、さっきから全然喋らないな。ぼっちだけあって極度の人見知りなんだろうか。

「そういや78ちゃん、パラディンマスターだったな。ウチの武器とはちーと相性悪《わり》ぃか」

「は、はい。すみません……」

ああ、暗黒武器に囲まれてるから属性不一致で大人しくしてただけか。

にしてもパラディンマスターって何気にエグいな。マスターできるもんなんだパラディンって。

「でも、それにしちゃ地味な装いだよな。最強の聖騎士様なんだから、もっと派手でもいいんじゃねぇか？」

マズい。この話題が続けばレベル78なのに宝石探しばっかで戦闘実績がほぼ皆無というコレットの実状が露呈してしまう。

「え、えっと……」

って今気付いたけど、これじゃただの守銭奴ですよコレットさん！　ますますヤバいぞ……

「実はですね！　コレットは今イメチェン考えてて！　今日はたまたま地味めなコーディネートにしてたんです！」

多少強引だけど、真面目なコレットに喋らせると本当のことを言いかねない。

ここはどうにかはぐらかそう。

「それは勿体《もったい》ないです！　コレットさんすっごくお綺麗なのに！」

……ルウェリアさん？　なんかお目々キラキラさせてません？

「あ、御挨拶がまだでした。お初にお目にかかります。ルウェリアと言います」

「あっこっコレットです」

……やっぱり単純に人見知りなんだなコイツ。

まあでも俺だって18歳くらいの時はこんなもんだったかもしれない。自分に確固たる自信があるか、自分を完全に諦めてないと堂々とはできないよな。

「イメチェンをお考えでしたら、暗黒武器をメインにコーディネートしてみては？　聖騎士様だから聖剣という固定観念をぶち壊して、新たな扉を開けていきましょう！」

「へ？」

「さあさあさあ！　まずは試着です！」

コレットは何故《なぜ》か興奮気味なルウェリアさんに引き摺《ず》られ、禍々しい武器が並ぶ売り場の方へと連れ去られた。

あ、試着室もある。……なんで？

「武器だけじゃやってくのが厳しいんでな。少量だが防具も置いてある。勿論、暗黒防具だ」

暗黒防具……聞き慣れないジャンルですね。

もしかしてここにある【バフォメットマスク】みたいなやつのことなんでしょうか。

山羊《やぎ》の悪魔の被《かぶ》り物《もの》とか誰が買うんだ。

「娘の暴走を許してやってくれ。ああ見えて病弱でな。寝てる日の方が多いくらいだから同年代の友達もいやしねぇ。久々に見るよ、あんな活き活きとしたあの子を」

「はぁ……」

まあ俺としても仄《ほの》かな百合《ゆり》の香りが感じられて気分が良いので特に問題はないです。

「ところでお前、冒険者辞めてこれからどうすんだ？　武器防具一式揃えるくらいだから多少の蓄えはあるんだろうけどよ、手に職なけりゃ長くは食ってけねーぞ」

「そこなんですよね……」

今の俺には【ステータス操作】というチート級のスキルがある。でもコレットの言うように、まずこの街で信頼を得ない限り大手を振っては使えない。

「新顔がこの街で信頼を得るにはどうしたらいいですかね？」

「信頼か。それなら手っ取り早い方法が一つあるぜ」

御主人の視線の先には――

コレットたちとは反対側の売り場でじっと商品を眺めている女性の姿があった。

……普通の客いたんだ、この店。

「あいつはティシエラっつってな。若くしてソーサラーギルドのギルドマスターになったスゲぇ奴だ。あいつに評価されれば間違いなく街中の信頼を得られるだろうぜ」

ソーサラー……魔法使いか。確かに神秘的な空気をまとっている。

そしてコレットやルウェリアさんとは全く違うタイプの美人だ。

赤みを帯びた長い金髪は派手ではなく、むしろ落ち着いた雰囲気を醸し出している。

前髪で半分くらい隠れているけど目元も涼しげ。年齢は18より若干上かもしれない。

でもクールな顔立ちに反し服装に関しては大人びているって感じでもない。寒色系だから煌《きら》びやかではないけど首元から胸元まで三段ものフリルで飾られていて、ゴシックロリータのようなデザ

インだ。スカートも全く同じ傾向。魔法使い系と聞いて想像するローブ的な要素はない。

「どうだ？　あいつを口説き落とせりゃ英雄になれるぜ」

「無茶言わないで下さいって……」

あの見た目で明るく気さくなお姉さんってことはないだろう。俺には高嶺《たかね》の花だ。

「実は数少ないお得意様の一人でな。強ぇし偉《えれ》ぇしセンスも良いときたもんだ。非の打ち所がねーよ全く」

やっぱりギルマスともなるとストレスも相当溜まるんだろうな。そりゃセンスも闇堕《やみお》ちするよ。

……あれ、なんかこっちに向かって来てる。やっぱりジロジロ見てたのは失礼だったか――

「ここでは見かけない顔ね。貴方は？」

身構えていたのが馬鹿らしくなるくらい平然とした声と表情。

誰何《すいか》されただけなのに圧倒されてしまう。コレットとは全く違う意味での圧だ。

「トモと言います。最近この街に来たばかりで……」

「……」

「あの、何か……」

「コレットとは知り合いなの？」

ああ、俺がコレットと店に入ってくる所を見てたのか。

そりゃレベル78の有名人が知らない男連れてたら気にもなるよな。

「彼女には昨日助けられまして。それで知り合いに」

「そう。珍しいわね、彼女が誰かとつるむなんて」

どうやらコレットのぼっちっぷりは界隈《かいわい》でも有名らしい。そもそも冒険者ギルドとソーサラーギルドの関係も謎だけど。魔法使いって冒険者の中にも大勢いそうなのに。

「おうティシエラ。良さげな武器はあったかい？」

「そうね。幾つか気になる新商品もあったけれど、一番はやっぱりこのディアボロスの鏖殺杖かしら。今にも目を見開いて蠢《うごめ》きそうなオブジェと、鱗《うろこ》に見せかけた呪符の組み合わせはいつ見ても美しいわね」

おい呪符っつったぞ今。やっぱあれ呪いの武器じゃねーのか。

「大変です大変です私失敗しましたどうしよう！」

なんだなんだ。カーテンで遮られた試着室からオロオロ声が聞こえてくるぞ。二人とも中か。

「ルウェリアさん！　どうかしましたか⁉」

「コレットさんの試着した防具が暴走を！」

……防具が暴走ってどういう状況？

「と、とにかく開けますよ？　いいかコレット開けるからな！　ダメなら否定してな？　いいな？　開けるぞ！」

これだけ言えば仮にラッキースケベ的な情景が目に飛び込んで来ても俺の責任問題には発展しな

いだろう。異世界とはいえ今時はこれくらいしないとな。

「大丈夫かコレット！」

「……！」

コレットは――

一糸まとわぬ姿でしゃがみ込んでいた。

「いやなんでだよ！」

「怒るのおかしくない!?　私裸見られたんだけど!?」

「カーテン閉めます！　しゃ――――っ！」

ルウェリアさんによってコレットの裸は強制シャットダウンされた。

「ふぅ……」

さっきはツッコミに必死だったから淡泊な反応になったけど、なんか段々ドキドキしてきた。

うわぁ……コレットの裸見ちゃったよ。

予想通り、いや予想以上のものをお持ちで……

「……」

ああっ！　向こうの方でティシエラさんが蔑んだ視線を！

マズいぞ第一印象最悪だ。あれだけ念入りに確認したのに俺が悪いみたいに思われるのは不本意だけど、ここは大人の対応を見せておくべきか。

「悪かったよ。軽率だった。それで、中で何があったんだ？」

「コレットさんが装備していた暗黒防具が急にガタガタ震え出しまして。その後、跡形もなく消滅してしまいました」

「しかも他の服とか下着もだよ!?　意味わかんないよ！　もーっ！」

普通に呪われてたんじゃねーか？

若しくは聖属性のコレットに暗黒防具が浄化されて、服や下着を道連れに消滅した……とか。

それも意味不明だけど。

「トモさん！」

「はい何ですかルウェリアさん」

「これはもうコレット改造計画の発動しかありません！」

……急に何の話？

「暗黒防具は残念な結果でしたけど、やっぱり私の見立て通りコレットさんは暗黒武器がお似合いです。この勢いでコレットさんに相応しい防具を見繕いに行きましょう！」

「いや……私はそんな……」

無難な服に着替え終えたコレットは、なんか死神の鎌っぽいのを無理やり持たされて憔悴《しょうすい》しきっている。やっぱ相性悪いんだな。ルウェリアさんは浮かれて気付いてないっぽい。

「ルウェリア。貴女《あなた》は日差しの強い時間帯に外出するのは危険じゃなかった？」

「そうでした……あっ！　ティシエラさん来ていたんですか。ご愛顧ありがとうございます」

「元気そうでよかったわ。でも無理しちゃダメよ」

「大丈夫です。いつ泥棒さんに狙われても対抗できるように格闘技だって習いました。右から来たら左に投げ飛ばします。ちょいやさー！」

何か面妖な舞を踊《ダンス》ってるようにしか見えないけど、投げ技のつもりらしい。

「最近は怪盗メアロも大人しくしているみたいですけど油断禁物です」

「怪盗……？　そんなの出るんですか。まさか予告状とか出す系？」

「出す系です。しかも速達です」

終盤の街ってそんなエンタメ性に富んでんのか。どっちかっていうと暗いイメージだけどな。

「もし予告状が届いたら迷わず人を頼りなさい。私も相談に乗るから」

さっきまでの厳しい目つきから一変、ルウェリアさんを見るティシエラさんの眼差《まなざ》しは随分と優しい。良い人なんだろうな、きっと。

「……」

そしてコレットは二人の和気《わき》藹々《あいあい》としたやり取りを遠目に、そっと死神の鎌を棚に戻していた。

聖騎士なのに挙動が逐一陰の者なんだよなあ。

「そうだ！　ティシエラさん、私に代わってコレット改造計画を押し進めてはくれませんか？」

「……改造計画？」

「コレットをレベル78に相応しい見た目にしようって計画です」

若干ルウェリアさんの思惑とは違うだろうけど、これくらいの軌道修正はしておかないとコレットが暗黒騎士になってしまう。パラディンマスターが狂戦士の甲冑《かっちゅう》とか装備してたら流石《さすが》にマズい。

「あ、あのー……私は別に派手じゃなくても大丈夫なんで。っていうか地味な方がいいかなー……とか思っちゃってたりしてー……この髪も目立たないように黒く染めてるだけなんで」

「……そうなの？」

俺も初耳だ。まあ地味な装いは運極振り時代に目立ちたくなかったからだろうけど、髪の色まで変えるとは。流石は聖なるぼっち。潔い陰キャっぷりだ。

「元々の髪の色を是非お伺いしたい！　何色でございましょうか!?」

ルウェリアさん、いきなり凄《すご》いテンションで割り込んで来たな。

やっぱり髪の色はコーデには大事なのか。

「……銀色ですけど」

「銀色ですか！」「マジかおい銀髪なの!?」

「な、なんでトモまで興奮してるの……？」

わかってねーなコレットさんよ。銀髪は全人類の憧れでしょぉ？

華やかで洗練されつつ神秘的で慎《つつ》ましやか。

陰陽問わず全属性に刺さる万能の髪色じゃないですか。

「トモさんも銀髪の魅力をわかっておいでしたか。黒髪も素晴らしいですけど、暗黒武器と銀髪のコントラストは控えめに言って至高です」

「わかりますとも。清濁併せ呑《の》むのが銀髪ですから。俺、ルウェリアさんの感性を侮ってましたよ」

熱い握手を交わす。今日の酒は美味《うま》そうだ。飲まんけど。

「そっか……トモって銀髪が好きなんだ……」

はいそうです。

黒髪ロングも良いさ。素晴らしい。あれもいいものだ。

だがベストオブベストと言われれば迷わず銀髪ロングを推すだろう。

「趣味《しゅみ》嗜好《しこう》はともかく、貴女が目立ちたくないという意向だったらそれは尊重されるべきよ。けれど、冒険者ギルドがいつまでもそれを許すほど自由な気風とは考え難《にく》いわね」

「え」

あ、コレットがフリーズした。思い当たることがありそうだな。

「貴女のレベルは現存する冒険者の中でも単独1位。70台すら他にいないのだから飛び抜けた数字よ。そういうわかりやすい凄さは広告塔として最適なの。そう遠くない将来、貴女を担ぎ上げようとする動きが出て来るでしょうね」

「それは……」

幼少期のコレットに対して親や領主がやってきたことそのもの。

同じことを冒険者ギルドがやるのは目に見えている。ティシエラさんの推察は恐らく正しい。

「でも貴女が自分からレベル78に相応しい格好をして周知されれば、ギルドからの指導が入ることはないでしょうね。パブリックイメージを壊すデメリットの方が大きくなるから」

成程、一理ある。

例えば定番ミステリーアニメの主人公が突然、蝶《ちょう》ネクタイからチョーカー型変声機に変えようものなら非難囂々《ひなんごうごう》だろう。パブリックイメージは極めて大事だ。まして冒険者ギルドが強要したとなれば心証は最悪になる。

介入される前に自分の好みを反映させた格好を知らしめておくべき。ティシエラさんはそう説いている。

コレットは一体どう答える？

「えーっと……トモはどう思う？」

「なんで俺に振るんだよ」

「自分で相談相手って言ったんじゃん！」

……言っちゃってたな確かに。

面倒なことになっちまった。ティシエラさんの俺を見る目がさっきまでと違う。『レベル78の最強冒険者を誑《たぶら》かすエセコンサルティング』だと疑っている眼光だ。

自分のことは自分で決めろと言えばその疑いは晴れる。

でもそれは保身の為であってコレットの為の言葉じゃない。

「そうだな……せっかくのルウェリアさんの発案だし、ティシエラさんの言う通りだとも思う。この機会にイメチェンするのもアリなんじゃないか？」

「ふーん。だったら、やってみよっかな」

軽く背中を押された程度で即答する辺り、コレット自身も心の奥では地味コーデ以外の格好もしてみたかったんだろう。心なしか口元も緩んでるし。

「コレットは貴方の言うことを随分素直に受け入れるのね」

……案の定、猜疑《さいぎ》の目を向けられてしまった。

素性を聞かれると記憶喪失だと答えざるを得ないし、この人は俺の異世界生活の天敵になりそうな気がする。

「ま、いいわ。それじゃ近くの防具屋に行きましょう」

でもこんな綺麗な女性にジト目を向けられるのは全然悪い気分じゃないから何の問題もなかった。

◆　◆　◆

その後、俺とコレットはティシエラさん協力のもと、幾つかの防具屋を巡ってレベル78のパラディンマスターに相応しいデザインの防具を見て回った。

防具というと、どうしても物理防御力や各属性の耐性値に目が行きがちだけど、このアインシュレイル城下町で市販している防具は大半が最高峰の防御性能を誇っている為、大きな差はないらしい。実際、終盤の街で中途半端な防御力の防具を売っても需要ないだろうしな。

「ルウェリアには悪いけれど、やっぱりパラディンマスターには白銀が似合うわね。この盾はどう？ ペガサスの紋章が中々良い味出してるわよ」

「そ、そうですね」

こうしてショッピングに付き合う過程でわかったことが三つ……いや四つ。

まず一つめは、ティシエラさんが意外と気さくなこと。

表情は余り変えないし口調は終始クールなんだけど、思いの外よく喋る。

何より面倒見が良い。親身になってコレットに似合う防具を探してくれている。自分のセンスを押しつけない所も奥ゆかしい。

「査定終わりました。残念ですが防具全般にモンスターの体液が付着していましたので、買取総額は80Gが限度です」

「……マジですか」

二つめは非情な現実。回った全ての防具屋で俺の防具一式を査定して貰ったものの、何処《どこ》も悲惨な値段しか付かない。持っていても仕方ないし、諦めて二束三文で売り捌《さば》くしかないか。

三つめは一般市民のコレット評。有名人ではあるけど、やっぱり常にソロで活動している影響は大きく、名前とレベル以外はほとんど知られていない。

そして最後の一つは――

「……」

何者かが後を付けてきていること。

二軒目あたりから謎の馬車が俺たちの歩行スピードに合わせて尾行してきている。

目当てはコレットか？　それともティシエラさんか？

どっちにしろ白昼堂々変態紳士に狙われても不思議じゃない容姿だからな二人とも。

とはいえ俺が気付くくらいだ。二人ともとっくに把握している筈。

敢《あ》えて放置してるってことは危険人物じゃないのかも……

「少々宜しいでしょうか？」

あぁびっくりしたぁ！　あぁびっくりしたぁー……あぁびっくりしたぁー……

一瞬店員に話しかけられたかと思ったけど、どうやら違う。店員はこんな背後から囁《ささや》くように声をかけては来ないだろう。

随分柔らかな物腰の男声。やはり変態紳士か。

「どうか大声は謹んで頂きたい。心配無用、私は怪しくない者でございます」

いや怪しいに決まってるだろ！　怪しくない者って何だよ！　『怪しい者じゃない』って言われ

る方がまだマシだ！

「その防具一式、もしコレット様のお古でしたら100倍……いえ1000倍の金額で買い取らせて頂きますが、如何《いかが》でしょう？」

うわぁ。やっぱりコレットの追っかけさんでしたか。

ってか1000倍ってマジかよ！　80000Gってことだろ!?　買い値より高いじゃねーか！

「これでも足りないと仰《おっしゃ》るなら9……いえ100000G出しましょう。どうか勇気ある御決断を」

おいおいガチだよガチ勢だよ。値段が上がれば上がるほどこっちはドン引きだよ。『本当は俺のだけどコレットの物だと偽って売っちまおう』なんて微塵《みじん》も思えないくらいには関わりたくない。

正直に答えてお引き取り願おう。

「すみません。全部俺のなんで」

「合格よ!!」

今度は誰だよ！　矢継ぎ早に来られても困るんだよ自重しろ変態ども！

「御嬢様《おじょうさま》。安全が確認されるまで馬車でお待ちになって下さいとあれほど……」

「大丈夫よ。少なくともお金に目が眩《くら》むような輩《やから》ではなさそうだし。あのティシエラも同行しているんだから」

最初に入って来た変態紳士に『御嬢様』と呼ばれたその人物は――確かに御嬢様と一目でわかる

格好をしている。水色を基調としたドレスのような服は見るからに高級素材で、装飾品の数も多い。でも全てシンプルなデザインだから下品な印象は全く受けない。

髪は明るい金髪で長さはミディアム。美しい光沢が上品さを醸し出している。

顔立ちは凛《りん》としていて目付きは鋭く、睫《まつげ》毛が凄く長い。

「私はフレンデリア＝シレクス。シレクス家の長女よ。貴方はトモね？」

……なんで俺の名前知ってんだ？　でも異世界だもんな。魔法か何かで俺の心を読んで……

「貴方たちの話は全て盗み聞きさせて貰ったから安心なさい。コレットをレベル78の冒険者に相応しい人間にする『コレット改造計画』、全部私が仕切らせて貰うから！」

えぇぇ……あの時点で盗み聞きしてたのかよ。でもそれっぽい人も馬車も見なかったぞ……？

「お久し振りです、フレンデリア様」

「あらティシエラ。相変わらず独自色の強い格好ね。そういうの凄く良いと思うの！」

「……」

やたらテンションの高い御嬢様に一礼したティシエラさんがこっちに向かってくる。

コレットは……あ、店員に話しかけられてフリーズしてんな。

「シレクス家はアインシュレイル城下町でも有数の歴史を持つ名門貴族よ。粗相のないようにね」

貴族令嬢か。そんな名家の御令嬢がコレットに御執心ってことは、コレットを広告塔にして何かしらの企てを——

「あ……フレンデリア様」

「やっほーコレット！　もーっ私のことはフレンちゃんって呼んでってば！」

違うなこりゃ。純粋にコレットのファンなのか。

「御嬢様とコレット様の馴《な》れ初《そ》めは60日前に遡ります」

変態紳士あらため貴族令嬢のお付きの人……多分執事の人が何か語り出した。

「酒場で起きていた揉《も》め事《ごと》を仲介しようと無謀にも駆け込んだ御嬢様は、酒に酔い荒ぶる男どもから突き飛ばされてしまいました。そんな命知らずの御嬢様を抱き留めたのが、偶然その場に居合わせたコレット様だったのです」

なんか言葉の節々に奔放な御嬢様への不満が滲《にじ》み出ているような。

主従関係上手《うま》くいってないのか。

「あれ以来、御嬢様は事ある毎《ごと》にコレット様を尾行し何かと世話を焼こうとするのですが、コレット様にとっては迷惑行為以外の何物でもない御様子。大変申し訳なく思っている次第です」

じゃあ止めなさいよ、と言いたいところだけど執事の立場で御嬢様を諌《いさ》めるのは難しいんだろうな。その苦労が偲《しの》ばれる。

「ちなみに、御嬢様を突き飛ばした御仁には僭越《せんえつ》ながら後日わからせ教育を致しましたのでモヤッとする必要はございません」

「そ、そうですか」

逆に知りたくもなかった貴族の裏側を強引に覗《のぞ》かされてモヤッとしますね。

わからせ教育って何……？

「御嬢様と致しましては、レベル78のコレット様が皆に尊敬され更なる高みへと至る姿を夢見ているようで。此度《こたび》のコレット様御改造計画には諸手《もろて》を挙げて大賛成なのです」

「そこまではわかりましたけど、だったらなんで俺に接触してきたんですか」

「御嬢様の言葉をそのままお伝えしますと『あの何処の馬の骨か知れない奴はコレットの何なの？相談相手？　そんなの詐欺師に決まってるじゃない！　セバチャスンあいつを試して来て！　コレットの知人に相応しい人格かテストしてきて！』との仰せで」

声真似《こえまね》うっま！　つーか何だよ知人に相応しい人格って。知人にそんなハードルないだろ。

「僭越ながら金銭に目が眩み虚言を吐く輩でないかテストさせて頂いた次第です」

ああ、金の斧銀の斧的なやつね。

にしても……まさかコレットにこんな限界オタクがいたとはなあ。ティシエラさんの様子を見る限り、ソーサラーのギルマスでも貴族には逆らえないっぽい。平民の俺にできることは何もないな。

ま、貴族に多少病的に好かれるくらいなら大して害もないだろう。

今回だって、せいぜい趣味の宜しくない装備品を押しつけられるリスク程度で——

「コレットに足りないのは魔王の首よ！」

……御嬢様？

「魔王をやっつければ誰もがコレットを認めるでしょ？　だから私、シレクス家の財力と情報網を駆使して調査してみたの。魔王の殺害方法とか居場所を」

何この人怖ぇーよ！　限界オタクどころか限界突破オタクじゃねーか！

「つーか魔王って魔王城にいるんじゃないんですか？」

「それについては諸説ありまして。この周辺のモンスターですら長年にわたって統率が取れておらず、人類を滅亡させようとの気概も一向に感じさせませんので、魔王不在を主張する者も少なくありません。聖噴水の打開策を探るべく自ら城下町に潜入しているのではとの極論まであるようで」

それは極論にも程がありませんかね執事さん。

将軍や藩主なら身分隠して市井で悪党を懲らしめてたりするかもしれないけどさあ……

「何にせよ、魔王についてはこれといった情報は得られませんでした。倒す方法もないようです」

「でも安心してコレット！　レベル78に相応しい他の難敵を見つけてきたから！」

「他の……難敵？」

「討伐までの手順は私が全部手配してあげるから心配しないで。コレットはそれに従って最終的に混沌王《こんとんおう》をやっつけてくれればいいの。一緒にがんばりましょう！」

混沌王？　なんか前に聞いたことがあるような……

「まさか……あの【アペルピシア】？」

「流石にティシエラは知ってるようね。混沌王アペルピシア。かつて世界を何度も混沌に陥れたことからそう呼ばれている異形の怪物。未《いま》だに討伐されていないらしいじゃない。狙い目よ！」

思い出した。冒険者ギルドの受付嬢が魔王について教えてくれた時、急に割り込んできたイケメンの冒険者が同レベルの脅威として挙げた一つだ。

……いやちょっと待ってくれよ。こっちはまだ異世界に来て2日目だぞ？

2日目で魔王と同格の奴と絡まなきゃならないのか？

「後日正式に冒険者ギルドへ討伐依頼を出しておくから。コレット以外には受けられないよう注意書きしておくから安心して。それじゃセバチャスン、準備に取りかかりましょう！」

「仰せのままに。では皆さん、我々はこれで失礼致します」

……さっきはスルーしたけど、執事の名前それで合ってんの？

人の名前にケチ付けるのは失礼だけど、にしたってモヤッとするなあ……

でも今はそんなことを気にしてる場合じゃない。

「なんかとんでもないことになってるけど、こういうのって断れないものなのかな」

「難しいわね。王家から放置されている城下町にあって貴族の影響力は小さくないわ。フレンデリア様本人は好意による提案のつもりだろうけれど、実質的には命令に等しいわね」

そうなのか……って、王家から放置されてんのかよこの街。なんで？　城下町って王族にとって重要な都市なんじゃないの？

「色々あるのよ。この国ならではの事情が」

また意味深な。そんなこと言われても首突っ込む気ないからね？　こっちはこの街どころかこの世界に来たばっかりの転生者なんだ。まだ自分の生活の基盤すらままならないんだから、余計なことを詮索する余裕はない。

「あの……」

俺とは対照的に、当事者のコレットは悲壮感を漂わせている。

無理もない。軽い気持ちで始めたコレット改造計画が急に混沌王討伐になっちゃったんだから。普通は世界的英雄になる前後でやるやつだよ。困惑しない方がおかしい。

「アペルピシアって今まで聞いたことなくて。どういうモンスターなのかなー、なんて。あはは……」

それ以前の問題だった！

よく考えたら宝石集めばかりやってモンスター討伐に無関心だった奴がモンスターの名前なんていちいち覚えないか。

「……仕方ないわね。その討伐、私も同行するわ」

「へ？」

そんな突然のティシエラさんの申し出に、コレットは呆然《ぼうぜん》としたまま立ち尽くしていた。

第三話　ただの事実陳列罪

アペルピシア。

アインシュレイル城下町のあるリンデロッカルト王国に棲息《せいそく》していると噂《うわさ》されていた伝説のモンスターだ。

純粋な強さや希少種であることだけが伝説の由来じゃない。このアペルピシアには三つの大きな特徴があり、それが『王』と呼ばれる所以《ゆえん》でもある。

特徴その一。脅威の耐性と学習能力。

あらゆる武器、あらゆる魔法、あらゆる状態異常に対して『一度受けた攻撃にはほぼ完璧な耐性がつく』と言われている。

今まで討伐に向かった冒険者やソーサラーは多数いたが、仕留められた者は一人もいない。そして彼らが戦闘で使用した武器や魔法には全て耐性がついている。

つまり、まともにダメージの通る攻撃手段が極めて少ない。倒す方法が皆無とされている魔王よりはマシだけど、討伐に失敗したら相手を強化してしまうリスクから、挑む者さえ滅多にいなくなってしまったらしい。

特徴その二。指揮能力がある。

これは魔王以外のモンスターでは余り見られない傾向で、多くの部下モンスターを引き連れ集団を統率しているらしい。そこが王と呼ばれる主因だ。

そしてボスらしく悠然と構え、相手が仕掛けて来ない限り自分からは攻撃してこない。これは新たに耐性を得る為《ため》とも言われている。

特徴その三。行動パターンの変更。

モンスターの行動は同一種の場合常に画一的で、個々の攻撃パターンや手段も一定だが、このアペルピシアは違う。空中戦を展開し遠距離攻撃ばかり仕掛けることもあれば、地上での近距離攻撃に終始することもある。戦う相手によって行動パターンを極端に変えてくるらしい。

「つまり、モンスターとしては規格外の知能を持ってる訳か」

「ええ。強いだけではなく賢いからこそ、沢山の先人たちが挑んでも仕留めきれずにいるの。たとえ追い詰めても上手《うま》く逃げられてしまって、攻撃を学習されて耐性をつけられる。それを繰り返してきた結果、難攻不落のモンスターが誕生してしまったのよ」

フレンデリア御嬢《おじようさま》様が調べた情報によると、アペルピシアは現在アインシュレイル城下町の遥《はる》か南東に位置するナットニア地方にいる。

以前その地域はカトブレパスという牛のバケモノが支配していたらしいが、どうもそのカトブレパスを配下に加えたとのこと。この世界のモンスターはほとんど勢力争いを行っていない為、この習性も極めて稀《まれ》らしい。

「大丈夫よ。どれだけ強敵でもコレットならやってくれる。人類最強のレベル78ですもの！」

貴族ならではの引くくらい豪華な馬車に揺られながら、俺たちが現在向かっているのはナットニア地方のグリーフ級ダンジョン【嘆きの鍾乳洞《しょうにゅうどう》】。グリーフ級ってのはダンジョンの攻略難易度を示すもので、ヘル級、ディスペア級に次ぐ三番目。城下町を拠点とする冒険者にとっては欠伸《あくび》しながらでも攻略できる程度の難易度だ。

でも今回はそこにアペルピシアが鎮座している。当然、棲息するモンスターの種類も様変わりしているだろう。まさか異世界生活一週間足らずでレジェンド級モンスターの討伐に向かうハメになるとはねえ……

「あの、素朴な疑問が幾つかあるんですけどいいでしょうか」

「ええ。何？」

名指しした訳でもないのに、ティシエラさんは涼しい顔で聞く態勢を整えてくれた。

綺麗《きれい》で強くて社会的地位もあって、その上優しい。こんなの萎縮するなって方が無理な話だ。

「まず前提として、本当に俺も同行していいんでしょうか？　装備品も全部売っちゃいましたけど」

「心配しないで。貴方《あなた》には絶対にダンジョンに潜って貰《もら》うから」

ただし答えたのはティシエラさんじゃなくフレンデリア御嬢様の方だった。

「これは貴方にとっての最終テストでもあるの。コレットの知人に相応《ふさわ》しいかどうかのね。恐れをなして逃げ出すような人間なら、コレットの前から消えて貰うから」

「それはダメです」

ずっと青い顔で存在を消していたコレットが急に割り込んできた。

「トモは私の相談役なんですから、消えられたら困ります。トモだって私と会えなくなるの困るでしょ？　困るよね？　ね？」

一言発する度に首の角度を変えるのやめてくれ。怖いんだ。

「で、でもコレットに相応しくない男を必要以上に傍《そば》に置いておく訳には……」

「フレンちゃん様。わかって下さい」

「わかりましてよ！」

若干呼び名の親密度が上がったことでフレンデリア御嬢様は顔を赤らめ有頂天になってしまった。

これ、どういう感情なんだろうな。まさかガチ恋？

何にせよ、俺としては正直モンスターのいる区域にはもう二度と足を運びたくはなかった。

冒険者を引退して舌の根の乾かぬうちにさあ……でも権力者には逆らえない。小市民なもので。

「戦闘は私とコレットが受け持つから、貴方は何もしなくていいわ。恐らく最奥部にいるアペルピシア以外は物の数ではない筈《はず》だから」

「助かります。それで二つ目の疑問なんですけど、ギルマスの貴女《あなた》が直接出向くのって、何か特別な理由があるんですか？」

一番不可解なのはこれだ。コレットと違って直接フレンデリア御嬢様から依頼された訳でもない。わざわざギルドのトップであるティシエラさんが敵地に赴かなくても、優秀なソーサラーを派遣すればいいだけの話だ。

「余り意地悪な質問をしちゃダメよ、コレットの知人候補さん」

おい何ですかその呼び方は御嬢様。知人ではあるでしょうよ。

「今回の討伐はね、冒険者ギルドとソーサラーギルドの権力闘争でもあるのよ」

「え？　冒険者とソーサラーって仲悪いんですか？」

「元々は冒険者で一括《ひとくく》りにされていたのをソーサラーが独立したって経緯もあってね。それに城下町は両ギルドを含む【五大ギルド】が実質的に支配していて、各ギルドが主導権を争っているのよ。今って毒霧の影響もあって魔王討伐が停滞しているでしょ？　共通の敵がいないから中々まとまんないのよ」

成程。魔王を倒す為に一丸となって戦うって風潮じゃないのは察してたけど、人間同士でも結構バチバチやり合ってるんだな。

「コレットが一人でアペルピシアを倒せば冒険者ギルドの評価も上がるワケ。でも、そこにソーサラーの代表であるティシエラが同行していたら『冒険者ギルドとソーサラーギルドが協力してアペルピシアを倒した』って総評になるでしょ？」

「コレットに名前負けしない為か」

「そういうこと。実力があっても名前が知れ渡っていないソーサラーじゃ『コレットその他の面々が討伐に成功しました』で終わり。その点、ティシエラならコレットと同格にはなるでしょうね」

そこまではフレンデリア御嬢様も許容する。でもティシエラさんがソーサラーを大勢引き連れて来たらソーサラー主導の討伐戦になってしまいコレットの名声が高まらないからNG。そんなところか。面倒くせーな人間同士の争いは。

「フレンデリア様の説明の通りよ。私は打算でここにいる。だからコレット、貴女も私に遠慮する必要はないわ」

「え？」

「アペルピシア攻略は事前に策を練る必要があるけれど、道中は好きに暴れてくれて結構よ。私はフォローに回らせて貰うわ。魔法力を無駄遣いしない為にもね」

……どうやらティシエラさんの目的はもう一つありそうだ。レベル78でありながら謎に包まれたコレットの真の実力を見極める為か。

同じギルドの冒険者ですら見たことないらしいからな、コレットが戦う姿。

「そっそれはー……ありがたいー……ことですねー……ははは一……」

表情筋の引きつり具合が酷《ひど》いぞコレット。見てるこっちが不安になる。

今のコレットは運極振り時代とは違って、ステータスの全パラメータが均等になっている。

だから身体能力は抜群だし体力も耐久性も高い。

けど、肝心の戦闘技術は我流な上に未熟。

そこそこグダグダな戦い方になるのは目に見えてる。

「……」

おい不安な眼差《まなざ》しを俺に向けるな。パワーやスピード、あと精度までは【ステータス操作】でどうにでもなるけど細かい技術はどうにもならんだろ。

「大丈夫よコレット。私はダンジョンの中までは入れないからセバチャスンと入り口で待たせて貰うけど、貴女なら余裕でアペルピシアの首を取ってくるって信じてるからね！」

「は、はぃ……」

フレンデリア御嬢様の純粋無垢《じゅんすいむく》な期待をコレットは裏切れない。

こういう性格だから、親や領主の期待を必要以上に背負ってしまう人生を歩んできたんだろうな。

大変だとは思うけど、少し羨ましくもある。俺に期待する人間は俺自身も含め誰もいなかった。

自分がそういう人物になれるイメージも正直湧かない。

「……」

あー、でもやっぱり大変さが勝るか。プレッシャーがエゲつない。馬車の乗り心地は最高なのにコレットさん顔面蒼白《がんめんそうはく》じゃないですか。

そういや昨日も『なんとかインチキできないか』って喚《わめ》いてたな。できる訳ねーだろソーサラーの親玉が見張ってるっつってんだよ。

「もうそろそろ到着致します。準備を整えておきますよう」

御者を務めるセバチャスンの言葉が緊迫感を生む。

にしても執事ってイメージ通り万能なんですね。堂に入ってますもん手綱の操作が。

「それじゃ、最終確認をしておきましょうか。アペルピシア攻略の」

ティシエラの発言で更に空気が張り詰める。

特にやることはない俺ですら緊張してきた。

大丈夫かコレット。リバースだけはやめてくれよ。

「さっきも言った通り、一度受けた攻撃には極めて強い耐性を持つから一撃必殺が基本。だけど奴《やつ》がどの武器や魔法に耐性を得ているのか、正確には誰も把握できていないのが現状よ」

それが、アペルピシアというモンスターの一番厄介な所だ。

戦った全ての人間が自分たちの行った攻撃を正直に申告していれば情報共有できるけど、そうとは限らない。名を挙げようと挑んだけど敗れてその場で死亡したり、敗色濃厚で逃げ出したことが恥ずかしくて誰にも喋《しゃべ》っていなかったりする事例が恐らく山ほどあると思われる。

確実に効くのは直近で完成した新魔法や新素材を使った武器くらい。当たり前だけど、名前は違っても素材が同じ武器は同一の物としてカウントされる。

そしてこれも当然だけど、新素材なんてそう簡単に発見されはしない。魔法だって同じだ。

「私たちが持ち得る武器の中に、確実に効く物は一つもないわ。冒険者ギルドと共有している情報の中からリストにない攻撃を試すしかない。私の魔法で言えば【バイオスクラップ】。そしてコレット、貴女が今日持って来た【疫病神の鎌】」

まさかルウェリアさんに持たされていたあの死神の鎌が新素材だったとはなあ……

パラディンマスターだっつってんのに暗黒武器で戦わされるコレットが不憫《ふびん》で仕方ない。

「ちなみにバイオスクラップってどんな魔法？」

「生物の肉体を損壊させる攻撃魔法よ。ただし破壊箇所は小さめでしかもランダム。普段は滅多に使わないわね」

なんか説明聞いただけで具合悪くなってきた……またグロいの見せられるの？

「アペルピシアは回避力も高いから一工夫必要よ。まずコレット、貴女がスピードで撹乱《かくらん》して。頃合いを見て私が奴の足下の地面を破壊するから、バランスを崩した隙に貴女が鎌で攻撃。間髪を容《い》れず私がバイオスクラップを使うわ」

妥当な作戦ではあるけど、ちょっとした狙いも透けて見える。

恐らくティシエラは、コレットの攻撃だけではアペルピシアを仕留めるのは難しいと考えているんだろう。最後に自分がトドメを刺すことを想定しているんじゃないだろうか。

そして城下町に帰還後『決定的な一撃は自分が繰り出した』とさり気なくアピールすれば、この討伐戦の主役はティシエラになるだろう。

まあ先にコレットが倒す可能性も十分ある訳で、ティシエラ有利の作戦って訳じゃない。

ただコレットの攻撃が当たれば自然とティシエラの追撃も命中し易《やす》くはなる。絶妙な落とし所だ。

「これでいいかしら？」

「はい。がんばります」

そんな綿密な作戦に対し、コレットは……多分なんにも考えてないってツラだ。それよりフレンデリア御嬢様からの期待に対するプレッシャー、今から恥を晒《さら》す苦々しさで頭が一杯なんだろう。

仕方ない。声掛けくらいしておくか。

「コレット」

「……何？」

「諦めろ。いずれは通る道なんだから、潔く恥を掻《か》け」

「そうだけど！　崖からストーンッて突き落とす言い方じゃん！　他に言い方ないの!?」

「ない」

別に意地悪で言ってる訳じゃないんだ。本当にないんだからないとしか言えないだろ？

「……何の話？」

「まあ、すぐわかりますよ」

そんな俺たちのやり取りを不可解そうに見つめていたティシエラさんだったが、彼女の透き通るようなその目は一時間後――

「えいやあああああ！　うぇりゃああああああ！」

困惑の眼差しに変わっていた。

【嘆きの鍾乳洞】へと侵入した俺たちを待ち構えていたのは、フィールド上とは全く違うモンスターの面々。

スズメバチに似てるけど遥かにデカい蜂、自分の尻尾を自分で咥《くわ》えて円になりゴロゴロ転がってくる白い蛇、高速で動き回りケタケタ笑うコウモリなどが次々に襲いかかって来た。

奴らを迎え撃つべくコレットが出陣したものの、予想通り不格好な戦いに終始し現在に至る。

「……これはどういうこと？」

「見ての通りです。コレットは戦闘が下手なんですよ」

「下手とかいう次元じゃ……」

剣と魔法の世界じゃない所から来た俺でも、コレットの不細工な戦い振りはよくわかる。

ただただ疫病神の鎌をグルグル振り回しているだけ。メチャクチャ素早いから当たることは当たるし、当たったモンスターは例外なく真っ二つなんだけど、まあ見苦しいったらない。

「トモ～……やっぱりスピードあり過ぎ……制御できない……」

「わかったわかった。もう少し調整しよう」

自分でグルグル回り過ぎてフラフラしながら戻って来たコレットに触れ、予《あらかじ》め用意していたプランBを実行。

「生命力１５００、攻撃力１５００、敏捷性《びんしょうせい》１１００、器用さ２２００、知覚力１０００、抵抗

力1000、運849。慣れるまではとりあえずこれで。鎌が扱い難《にく》いなら剣も併用しとけ」

「うん。行ってくる！」

先程よりも敏捷性を2割近く落とし、その分器用さを高めにすることで、動きやすさを重視した新ステータスだ。

この日を迎えるにあたって、俺もただ指を咥えて待っていた訳じゃない。

【ステータス操作】についてコレットと試行錯誤を重ねていた。

発動条件は『対象者に触れること』と『変更点を口頭で告げること』。

それ以外では発動しない。

また、ステータスの操作は今みたいに具体的な数値を指定してもいいし割合でもいい。

『生命力4割、攻撃力3割、残り3割を均等に配分』とか。意味さえしっかりしていれば問題なく操作できる。『一日前のステータスに変更』とかでもいい。戦況に応じて時間短縮できるのは強みだ。

一方で、現在のステータスの合計を超える値にはできない。

コレットで言えば7つのパラメータの合計値である9149を増やすことも減らすこともできない。あくまでステータスを操作するスキルであって、戦闘力を底上げする能力じゃない。

「……今でも半信半疑なのだけれど。本当に貴方、ステータスを操作できるの？」

「みたいです。俺自身、つい先日このスキルに目覚めたばかりだからピンとは来てないですけど」

再びモンスターに飛びかかっていくコレットの動きは、俺の目には大きく変わったようには見えない。敏捷性１１００と１３０７の違いは一流の戦士なら容易にわかるだろうけど俺にはわからん。１００メートル９秒台の選手と10秒台の選手の走りを別個に見ても違いはわからない。それと一緒だ。要は敏捷性１１００でもメチャクチャ速いんだ。

「そのスキルはともかく、コレットの方は……慣れない武器が原因ではないのよね。あの動きでどうやってレベル78まで上げられたのかしら」

「２００年くらいスライムでも倒してたんじゃないですか」

「……」

スゲー睨《にら》まれた……おっかねーな……

「ところであの子、集団戦の経験は？」

「多分ないんじゃないですかね。基本ぼっちだったらしいし」

「確かに、ずっと一人だったわね」

有名人だけあって、コレットの生態は別ギルドの人間にも知れ渡っていたらしい。

でもレベル78の最強冒険者が実はポンコツだとは誰も思わないだろう。

ティシエラさんも失望して――

「苦労して来たのね」

……それは意外にも腑《ふ》に落ちる言葉だった。

理由はわからない。

だけど俺は何故《なぜ》か、彼女がこう言ったことに対し意外だとも思わなかった。

「私が彼女を指南しても構わない？」

「全然問題ないと思いますけど、ティシエラさんの負担になるんじゃ……」

「呼び捨てで結構よ」

「……へ？」

「貴方がいいと言うのなら、あの子も嫌とは言わないでしょうね。随分と貴方に懐いているみたいだから。それじゃ遠慮なくレクチャーさせて貰うわ」

そう言い残し、ティシエラは不格好な戦いを続けるコレットのもとへと向かった。

まさかの呼称指定。

俺、なんか好感度上がるようなこと言ったっけ……？

何にしても、今のやり取りはよかった。ちょっと青春ぽいですよね？

こんなの人生で初めてかもしれない。

前世は女っ気なかったからなあ。自分から声掛ける勇気ないし。

コレットと偶然知り合って、なし崩しの内にワーキャー言い合える仲になったのがデカかった。

あれで一気に免疫のなさが薄れた気がするし。サンキューコレット。

「黒から生まれし紅《あか》きもの。因果に基づき紅きもの。汝《なんじ》の怒りを我に託せ。汝の嘆きを我に宿せ。

地獄の業火をもって心頭までも焼き尽くせ。【ジャイロインフェルノ】」

そんなことを考えている間に、ティシエラは炎の魔法を駆使してモンスター共を消し炭にしている。何気に魔法を見るのは初めてだ。遠巻きに見ても迫力あるな。

でも洞窟で炎はマズいんじゃ……とも思ったけど、これだけ広けりゃ酸欠の心配はないか。天井も高いし。

にしても詠唱長いな。魔法撃つ度にあんな文言を詠まなきゃならないのか？

その間に標的から逃げられないようにするのだって一苦労だろう。大変だなソーサラーも。

「もっと敵との間合いを意識して。動きそのものは仕方ないにしても、距離感まで雑だと相手が格下でも足を掬《すく》われるわよ」

「はいっ！　わかりましたっ！」

レベル78がスゲぇ基本的なことを教わっている姿は中々シュールだ。

それにしてもこの鍾乳洞、あんまり暗くないな。何処《どこ》からも光が射《さ》してる様子はないのに。

「ん？」

あれは……湖か？

なんか光ってるな。水自体が発光してるってことはないと思うけど。ちょっと覗《のぞ》いてみるか。

「……」

「……」

チョウチンアンコウみたいな誘引突起をぶら下げたハンマーヘッドシャークと目が合った。

「コレットさん応答願いますコレットさん！　なんか変なモンスターいる！」

「今こっち忙しいから無理！　トモがやっつけて！」

それこそ無理に決まってんだろ！　何もしなくていいって言うからこっちは軽装備なんだよ！

ヤバい、水の中から飛びかかって来られたら俺の回避力じゃ――

「……」

「……」

目が合ってるのに全然襲ってこないな。見た目に反して大人しいのか？

「そのモンスターはランプヘッドね」

「うわビックリした！」

……あれ？　なんで向こうにいるティシエラの声がこんな普通に聞こえるんだ？

「これは【ブルホーン】。自分の声を自然な音量で広範囲に伝えられる魔法よ」

そんな便利な魔法があるのか。ここでは科学の代わりに魔法が発展しているのかも。

「ランプヘッドは水面に触れない限りは襲って来ないわ」

ティシエラの説明に安堵《あんど》しつつ鍾乳洞全体に目を向けると、発光している水溜《みずた》まりが他にも幾つか見受けられた。どうやらこのモンスターが光源になっているらしい。

「道中に時間を割き過ぎて肝心のアペルピシアに逃げられたら目も当てられないわ。ここからは急ぎましょう」

「サー！　イエッサー！」

「それと、貴女は集団戦闘の経験がないみたいだから行動が独り善がりね。もっと連携を意識して。アペルピシア戦は協力して戦うことになるのだから」

「サー！　イエッサー！」

……軍事訓練かな？

ま、何にしても大事なことを学べてるのは確かだし、俺にとってもコレットにとってもこの討伐戦を経験できたのは良かった。

「迸《ほとばし》れ。閃《ひらめ》け。唸《うな》れ雷光。鮮やかなるその一閃《いっせん》をもって万物を貫け。静寂を穢《けが》す者たちに一瞬の鉄《てっ》槌《つい》を。【ライトニングメロウ】」

それにしてもティシエラは凄《すご》いな。

魔法の威力も凄《すさ》まじいけど、何より落ち着いている。

モンスターが不意打ちしてきても全く動じない。あれだけ長い詠唱を早口で一切噛《か》まずに唱えられるのも流石《さすが》だ。

ギルマスって現役を引退した人がやってるイメージだったけど、とても隠居しているようには見えない。まだ最前線で活躍しているんだろうか。

「わわわっ！　こっち来ないで！　あっち行って――――っ！」

それに引き替え、コレットはちょっと想定外のことが起きるとすぐパニックになって武器を振り回し始める。まあその速度とキレが尋常じゃないからモンスターもビビリまくって近寄れないんだけど、見境なく振り回すから鍾乳洞の壁や鍾乳石を削りまくってるぞ。

「ティシエラさん、ごめんなさい……私足手まといですよね」

「気にする必要はないわ。慣れない武器でのダンジョン攻略は熟練者でも苦労するものよ」

「そ、そうですかね……あはは……」

愛想笑いが痛々しい。相手がソーサラーギルドのトップとはいえ、世界最高のレベル保有者がここまで上から言われるってのも歪《いびつ》だよなあ。多分ティシエラは善意で言ってるだけなんだろうけど……フレンデリア御嬢様の気持ちが少しわかった気がする。

でも結局その関係性が変わることはないまま、ティシエラが中心となって雑魚モンスターを蹴散らし続け――

「……いたわ。間違いなくアペルピシアよ」

最奥部に到達した。

◆　◆　◆

一言で言えば、その姿は『恐竜のキメラ』。ティラノサウルスのような頭、トリケラトプスの角、プテラノドンの翼、ステゴサウルスの胴体を併せ持っている。確かにこりゃカオスだ。混沌王《こんとんおう》と呼ばれている理由の一つは、この外見にあるのかもしれない。

道中で遭遇したモンスター連中とは明らかに大きさが違う。体長5メートル……いやそれ以上か？　まるで学校の校舎がそのまま怪物に変形したようなサイズ感だ。

この天井が高く広々とした鍾乳洞を拠点に選んだ理由がよくわかった。

それだけでも圧倒されるけど、サイズ以上に今までの敵とは別格だと感じる何かがある。口では説明できない存在感。混沌王と呼ばれるだけのことはある。こちらから仕掛けない限り攻撃してこないって話だけど、そうじゃなきゃここまで近寄れなかったな。

戦闘経験ほぼ皆無の俺ですら、その格を存分に理解できるくらいだ。

経験豊富なティシエラは俺より遥かに――

「作戦変更よ」

にもかかわらず、その声は見事なまでに冷静だった。

「変更……ですか？」

「ここに来るまでカトブレパスが一度も現れなかったでしょう？　恐らく何処かに潜んでいる」

そういえば、このエリアは元々カトブレパスとかいう牛のモンスターが支配していて、あのアペルピシアが侵略したって話だった。なら配下にカトブレパスがいない訳がない。

なのに見かけなかったってことは……自分に危険が及んだ時の為に温存している訳か。

だとしたら厄介だな。アペルピシアとの戦いに集中できない。

「コレットはアペルピシアには近付かず攪乱に集中して。もしカトブレパスの出現に気付いたら大声で私に知らせて。私が対処するわ」

「で、でも……それだとティシエラさんの負担が大きすぎないですか？」

「大丈夫よ。ただしトドメを刺す役割は私が貰うことになるわね」

微《かす》かに、ティシエラは口元を綻ばせる。

それはコレットを安心させる為の作り笑顔なのか。それとも『自分が大役を担える。計画通り』って笑みなのか。

もし後者なら中々の腹黒だ。

何にせよ、ここまでの戦いで今のコレットじゃ連携面は厳しいと判断したんだろう。

丁寧に指南して実戦訓練を積んではみたものの一朝一夕でどうにかなるほど甘くはなかった……ってところか。恐らく大きくは間違えてない筈だ。

「引き返すって手もあるぞ。無理は禁物だ」

「ええ。でもあの大物を前に何も試さず逃げ帰るほど、私は暇じゃないのよ」

そうですか。俺としてはこのまま戻って宿に帰りたいんですけどね。

ここに来るまで散々モンスターのグロ映像を見せられて具合悪いんですよ。

「コレット。貴女は無理しなくてもいいわ。トモと一緒に引き返しても構わないわよ」

「……いえ。役割を全うします」

こう見えてコレットは真面目だ。責任感もある。まだ会って数日しか経《た》っていないけど、それだけは何度も確認した。

投げ出す筈がない。

「生命力2500、攻撃力1000、敏捷性1600、器用さ2100、知覚力2500、抵抗力100、運249」

コレットの肩に触れ【ステータス操作】を使用。これまでの戦いでコレットが辛うじて制御できるようになった敏捷性の最大値だ。

そして生き延びる可能性が高くなるよう生命力、カトブレパスを発見しやすいよう知覚力を重視した。

「トモ。貴方の役割はここまでよ。できるだけ遠くに離れてちょうだい」

「わかった」

ティシエラに頷《うなず》きつつ、コレットの方に目を向ける。

緊張の面持ち……の中にも悲壮な決意とモチベーションの高さを感じる。

戦闘技術や連携面は残念ながら伸びなかったけど、身体《からだ》の使い方に関しては多少の手応えがあったのかもしれない。

的を射ているとは限らないけど、俺の目にはそう見えた。

「危なくなったらティシエラを抱えて戦闘離脱。ティシエラも無理はしないこと。いいな?」

明らかに越権行為とも言える俺の発言に対し、それでもコレットは即座に頷く。

ティシエラは――

「随分気安いわね。呼び捨てを推奨したからといって口調まで馴《な》れ馴《な》れしくするの?」

「え!?」

「冗談よ。さ、非戦闘員は戦場から離れて」

意外なティシエラの言葉に驚きつつ、言われた通り二人から離れる。

コレットは……俺より驚いてるじゃねーか。決戦前とは思えない愕然顔《がくぜんがお》だ。

おいおい緊張感持てよ。相手は魔王に匹敵するバケモノだぞ?

「それじゃコレット。手筈通り――」

ティシエラの言葉が途中で遮られる。

アペルピシアの奇襲によって。

「……っ!」

俺たちなんて一飲みできるほど巨大な口から突然吐かれた砲撃に――ティシエラは詠唱なしで防御魔法を使って防いでみせた。

『詠唱いらんのかい!』とツッコむ余裕もない。これは想定外だ。話が違うぞ。こっちから仕掛けない限り攻撃してこないんじゃなかったのかよ!

あ……でも特徴の一つに『行動パターンの変更』ってのがあったな。

今まで一度も人類に対して行ってこなかった不意打ちを今回初めて見せたのか？

それくらい強敵だとコレットとティシエラを警戒してるって訳か。

「ギャバアアアアアアアアアアアアア！」

全身がヒリつくほどの叫声をあげ、猛烈な勢いでアペルピシアが突進を始めた。

奴の狙いは……完全に困惑して固まってるコレットか！

「くっ……！」

ティシエラが間髪を容れず攻撃魔法を繰り出す。

勿論《もちろん》それは、耐性がない筈の局部破壊魔法【バイオスクラップ】。

運が良ければ頭部を破壊できるけど――

「ギャオッ」

悲鳴があがったってことは少なくとも頭は無事だ。そしてアペルピシアは突進をやめない。

バイオスクラップは……致命傷を与えられなかった。

「コレット！　逃げなさい！」

全てが裏目に出ている状況。ティシエラの判断は正しい。

コレットもようやく強張《こわば》った身体を動かし回避を試みる。

その瞬間。

「！」

コレットの背後から何か出て来た！　カトブレパスだ！

「こ……のっ！」

不意を突かれながらもコレットは瞬時に反応し、疫病神の鎌で迎撃を――

「え」

なっ!?

鎌が……カトブレパスを確かに捉えた筈の鎌が……粉砕した。

攪乱特化で攻撃力を低く操作したのが裏目に出たのか？　いや違う。それは武器が壊れる理由にはならない。道中で既に傷んでいたんだ。

まさか、そう仕向けられていた？

モンスターどもに指示して、コレットが壁や鍾乳石に鎌をぶつけてしまうよう誘導したのか？

だとしたらあのアペルピシアってモンスター、噂以上の知能の持ち主だ。

手強いなんてもんじゃないぞ。

「朽ち果てなさい！」

ティシエラの攻撃魔法がカトブレパスを直撃し、後方へ吹き飛ぶ。その間に慌てて体勢を立て直し、コレットはどうにか難を逃れた。

でも戦局は圧倒的に不利だ。

対アペルピシア用にと準備した武器は砕け、魔法は耐性を持たれてしまった。

ティシエラの作戦は決して間違いじゃなかった。あの最初の不意打ちだけは想定できなかったけど、カトブレパスが潜んでいたのも見抜いていた。

「……御免なさい。私の見通しが甘かったわ」

それでもティシエラは謝罪を口にする。誇り高い女性なんだろう。そう思った。

この二人をこんな所で死なせる訳にはいかない。

でも俺に何ができる？

決まってる。できることなんて最初から一つしかないんだ。

「コレット！　俺の所に来い！」

「え？　うっ、うん」

圧倒的な敏捷性を誇る今のコレットは一瞬で俺の傍に駆けつけた。

「ティシエラ！　撃て！　予定通りでいい！」

「……？」

困惑の眼差しに対し、大きく頷いてみせる。

俺を信じろ。そんなことは口が裂けても言えない。でも今だけは——

「弾《はじ》け飛びなさい！」

何か通じるものがあったのか。

それはわからないけど、ティシエラは当初の予定通りアペルピシアの足下に魔法を撃った。

ほんの僅かな足止め。でもコレットには奴を仕留める為の武器がもうない。剣には耐性があるだろうし、こっちも鎌と同じく壁や地面に何度も叩《たた》き付けてしまっている。

だったら。

「……よし。行けコレット！　ブン殴れ!!」

素手で殴りつけてやりゃあいい。

今まであのモンスター相手にそんなことをした人間がいたかどうか、それは知らない。

まあ一人くらいはいただろうな。

いても構いやしない。

アペルピシアは『一度受けた攻撃にほぼ完璧な耐性がつく』。

ほぼ完璧な――つまり完璧じゃない。

仮に99％の耐性だった場合、少なくとも1％はダメージが通る。

レベル78のコレットを『攻撃力極振り』にした上での全力パンチは、果たしてどれくらいの威力になる？

「やぁあああああああああ!!」

それは多分、最適な打ち方とは程遠いだろう。無駄に力が入っていたり、下半身の力を伝えられていなかったり。何しろ剣以上に殴るのは素人だ。

でも攻撃力8681！

通常の成長推移なら、その値へ到達するのに果たしてレベルは幾つ必要だろうか。100？　バカ言うな。200？　とんでもない。

500は下らないね。

悲鳴すらあげることもできず。

「ギ――」

アペルピシアの全身は、コレットのパンチ一発で猛烈な轟音《ごうおん》と共に四散した。

きたねえ花火だ。またグロいものを見てしまった。

「何……なの？」

ティシエラの顔が驚嘆に染まる。コレットを指南する立場だっただけに、この現状を受け入れるのは難しいだろう。

それだけじゃない。

作戦通りにいけば彼女がこの討伐戦の主役になる筈だった。

それを拳一発で台無しにされたんだ。内心複雑……というより普通に落胆が勝っていても不思議じゃない。歯軋《はぎし》りの一つくらいしてもバチは当たらないだろう。

「……大したものね。あの子」

それでもティシエラは、眼前の光景を慈しむように苦笑していた。

きっと複雑な感情があるだろうけど、一番感じ取れるのは安堵。それも自分が無事に戦いを終えたことじゃなく、コレットが無事だったことに対してだ。

あの穏やかな眼差しがそう語っている。

「何？　何か言いたいことがあるのなら聞くけれど？」

「いや別に。ほんの一瞬、貴女を腹黒な策士かもと思った自分が恥ずかしいってだけ」

「間違い、とは言えないわね。今の地位を築く為に多少なりとも悪知恵を働かせてきたから」

これだけ若くして大規模なギルドの頂点にいるんだ。

無策で上り詰めた訳じゃないだろう。

でも善人だ。これだけは断言できる。

「さて、本日の主役を労《ねぎら》いに行くか」

混沌王とまで呼ばれた強敵を一撃で粉砕したコレットは、未《いま》だに自分の戦果が信じられないって顔で呆然《ぼうぜん》と立ち尽くしている。

敵を倒した歓喜も達成感もまるでない。

この初々しい反応を見て、誰が世界最高レベルの冒険者だと信じるだろうか。

「あ、トモ。私……」

「やったな」

「……うん」

ハイタッチもグータッチもない、なんとも締まらない勝利。

その余韻が妙にツボに入って――

「ははっ」

俺とコレットは笑い合った。

◆
◆
◆

その後。

アペルピシア討伐を終えた俺たちは帰りの道中、その全容をフレンデリア御嬢様に根掘り葉掘り聞かれ、疲労困憊《ひろうこんぱい》に疲労困憊を重ね深夜のブラック企業のような状態で城下町へと帰還。

御嬢様は貴族の影響力を最大限利用し、コレットの武勇伝をこれでもかと吹聴《ふいちょう》して回った。

今まで謎のヴェールに包まれていたレベル78の冒険者による大物狩り。このセンセーショナルな話題は瞬く間に街中へと広がり、コレットは晴れて時の人となった。

で、そのコレットはというと。

「……おはよ」

或《あ》る日突然、黒髪から銀髪になっていた。

というか戻った。元々こっちが地毛らしいし。

思わず息を呑《の》むほど美しく艶やかな銀色の長髪に、討伐の御褒美および安全祈願という名目でシレクス家より寄贈された白銀の鎧《よろい》。そして以前から愛用していた青を基調としたインナー。ベタと言えばベタだけど、コレットの容姿でその格好をすると恐ろしいくらい映える。

世界最高レベルのパラディンマスターに相応しい姿にする。

そんなルウェリアさん発案のコレット改造計画はこれにて大団円を迎えた。

「べ、別にトモが銀髪好きだから戻した訳じゃないんだからね！　こっちの方がこの格好と合うってみんな言うから！　だから勘違いしないでよね！」

「はいはい」

「でも結果的にトモの好みに合わせる形になったんだからこれって私がトモに歩み寄ったってことでいいのかな。だったらトモも私にお返しがあってもいいよね。引退撤回とか永久友達券の発行とか」

何このツンデレとヤンデレのよくばりセット。最終的にデレ要素がクドいから後味悪いな。

「はぁ……わかったよ。特別にいいこと教えてやるから」

「なになに？　原石が大量に採れるお宝スポットが見つかったとか？」

こいつ本当に宝石が好きだな……

「アペルピシアを討伐してからしばらくコレットの話題で持ちきりだったろ？　せっかくだから評判聞いて回ったんだよ。一般市民の間でコレットはなんて呼ばれてんのかなって」

「えっ何それ。いらない。聞きたくない。どうせ『ぼっち冒険者』とか『根暗ちゃん』とかベタなやつなんでしょ？」

声色の落差よ。何処から声出してんだ。

「バカ言え。混沌王との戦いを見事に制した英雄様だぞ？　そんな訳ないだろ？」

「……何その前フリ。絶対微妙なやつじゃん」

猜疑心《さいぎしん》の強い奴だな。俺だったら結構嬉《うれ》しい呼ばれ方なのに。俺だったら。

「それじゃ発表します。アインシュレイル城下町の住民がコレットをどう呼んでいるか。栄えある第一位は……」

「……」

「ワンパン聖騎士でした！　はいおめでとう！」

「ほら――――っ！　も――――っ！」

コレット的には不服だったらしく、顔と髪をグチャグチャにして遺憾の意を表明している。

あーあーせっかくの銀髪が……

「仕方ないだろ？　本当にワンパンでやっつけちゃったんだから。混沌王をワンパンでやっつけたパラディンなんだからワンパン聖騎士。なんにも間違ってない。いやーアレだな、やっぱ『ドカーン！　はい決着ゥ！』みたいなスピード感がどの世界でも求められてるんだよ。スカッとするもんな。爽快感だよ時代は」

「なんでそんな饒舌《じょうぜつ》なの！　私が変な呼ばれ方してるの楽しんでるでしょ！」

そんなことはない。

この呼び方、最初に流行《はや》らせたのは子供たちだったらしい。

本人は気付いていないみたいだけど、コレットにはそういう魅力がある。

子供から老人まで、あらゆる世代に受け入れられる。

そういう奴が多分、将来は英雄になったりするんだ。

俺にはそんな素質はない。

異世界に転生しても別に強くはならなかったし、【ステータス操作】もチート級とはいえ支援型のスキル。物語の主人公みたいな存在にはなれないんだろう。

だからこそ、コレットの生き様を近くで見てみたい。

大学入学から死ぬまでの約14年、ずっと他人と関わらない『虚無の時間』を過ごしてきた俺にとって、初めて芽生えた感情だ。

この何気ない時間が、きっと俺の異世界生活の象徴になっていくんだろう。

だけど、これまでの出来事はまだまだ序の口。この世界で俺とコレットは次々とトラブルに見舞われていくことになるんだけど——

それはまた、これからのお話。

第四話

【悲報】暗黒武器屋、迷走

アインシュレイル城下町。

俺が異世界転生した街であり、現在の拠点でもある。

生前を基準にすれば決して文明レベルは高いとは言えない。勿論《もちろん》デジタルなんて概念はないし上水道も完備されてはいないから水を飲むにも一苦労。スマホ一つで大抵のことができた転生前のあの頃が懐かしいと思う日もある。

違うのは文明の発展だけじゃない。当たり前だけど、まず暦法から違う。

この世界では『天雷暦』と言って、一年は３６５日ではなく３６０日カウント。

とはいえ体感的には一日の朝昼夜は元いた世界とほとんど変わらないし、空を見上げると太陽と同じような恒星がある。

まあ、そうじゃないと地球と似た世界にはならないだろうし、そこは納得だ。

季節は春期、朔《さく》期、冬期の三つがあり、朔期はほぼ秋のような気候らしい。うだるような暑さの夏がないのは朗報だ。

一年の始まりは『春期近月1日』と表記され、60日を経て『春期遠月』に変わる。

その後は60日毎《ごと》に朔期近月、朔期遠月……といった具合だ。

今日は春期遠月21日。俺がこの異世界に来てちょうど1週間が経《た》った。

職は……まだない。

「異世界も就職難の時代か。世知辛《せちがれ》ぇな」

「……何の話?」

「いや、なんでもない」

銀髪もすっかり馴染《なじ》んだコレットと一緒にカフェっぽい店で茶を啜《すす》りながら過ごす、ちょっぴり優雅な昼下がり。でも心は晴れない。

この世界にはハロワはないらしい。でもパンはあった。よって俺は仕事を得るべく、この城下町のパン屋16軒を回って働き口を求めたが全て断られた。全て。

「パン屋になるという俺の新たな夢は儚《はかな》く散った訳だ。笑えよ。この惨めな俺を笑ってくれよコレット。はははははははははははははははははははは」

「自分が笑ってんじゃん……」

そりゃ笑うしかねーよ。16軒あって全滅だぞ?

でもおかげで城下町のパン屋マップは完成を見た。主食がパンの俺にとっては収穫だ。

「トモってパン好きだよねー。いっつもパンしか食べてなくない?」

「パン以外に食べる必要ある?」

「えー……怖」

わかってねーな。パンってのは食文化の主軸なんだよ。

地球にもあってこの世界にもあるってことは、そういうことだろ？

「パン屋さんはもう諦めようよ。冒険者引退を思い直してくれればみんなハッピーなんだってば」

「嫌だ。もう討伐戦みたいなのは二度とやらない。一歩間違ったら死んでたし」

「それだったら大丈夫。蘇生《そせい》魔法が使える人がいれば、死んでも生き返ることができるから。これで解決だね♪」

軽い口調に反して目の血走りが凄《すご》い！　必死すぎる！

やっぱりこいつ、俺の口から運極振り時代の黒歴史が漏れるのを恐れてんじゃねーか……？

にしても、やっぱりあるんだな蘇生魔法。殺されても生き返るチャンスがあるってのは心強い。

「コレットは魔法って使えねーの？　パラディンマスターってくらいだし、蘇生魔法とまではいかなくても回復魔法はちょこっと使えたりしない？」

「無理無理。回復魔法はヒーラーの専売特許だもん。蘇生魔法もだけど」

まあそれが普通か。他の職業が回復魔法を軽薄に使えるようじゃありがたみもないしな。

「でも、ちょっとビックリしたな。コレット、ヒーラーの知り合いがいたのか」

「え？　違う違う。アテがあるんじゃなくて、これから探そうかなって」

「なんだ。でもそうだよな。コレット、今日もぼっちだったもんな。俺が話しかけるまで一人でテーブルに額ひっつけてボーッとしてたし。友達いない奴《やつ》の所作だよな、あれ」

……あ、死んだ。

今凄かったな。膝から崩れ落ちて床に倒れるまで一秒とかかってないぞ。土砂崩れかよ。

「あんな大物倒したのにぼっちのまま……私ってもしかして社会不適合者なのかな……」

「わ、悪かったって。俺だって別に対人スキルそんな高くないし。仲間仲間」

実際、大学時代は酷《ひど》かったからな……

転落なんてあっという間ですよ。コレットの土砂崩れを笑えない。

「いやでもコレット、冒険者ギルドの受付嬢と親しげにしてたじゃんか。友達じゃなかったのか？」

「彼女は……来月この仕事辞めるって」

え。

「無能の上司にこれ以上付き合いきれないんだって。このままギルドにいたら、下咽頭の奥に手を突っ込んで食道ガバガバにしちゃいそうだって言ってた」

わーお猟奇的ー。ヤバい人とは思ってたけど、もう完全にイッちゃってるねそれは。

やっぱ色々凄いわ終盤の街。住民のレベルが違う。

「親とそのパトロンのメンツを保つ為《ため》にどれだけがんばってもさー、結局みんな私のもとを去って行くんだー……きっとトモもそうなっていくんだろうねー……」

やさぐれてるなコレット。

でも弱い所を惜しげもなく見せる姿、ちょっと可愛《かわい》いよ。

「あんまネガティブになんなって。アペルピシアを倒した名声は絶対コレットの実家にまで届いてるから。親御さんもきっと喜んでるよ」

「うん……」

この反応だと、実家からお褒めの手紙が届いたりはしていないんだろうな。結構複雑な家庭環境なのかもしれない。あまり触れないでおくか。

「話戻すけど、蘇生魔法って100％確実に生き返れるの？　時間が経ち過ぎたらダメとか、身体《からだ》が粉々にされてたら無理とか条件あったりしない？」

「それは……」

「話は聞かせて貰《もら》った！」

突如割り込んでくる野太い声。

慌てて声のした方に目を向けると、そこには一人の男が立っていた。

筋肉お化けが。

「俺の名はメデオ！　生粋のヒーラーにして蘇生魔法の未来を担う男！　蘇生魔法はいいぞ！　是非俺に話をさせろ！」

オールバックで長く伸ばした髪を振り乱しながら、筋骨隆々の男は吼《ほ》えた。

いや店の中で騒ぐなよ。

「貴方《あなた》が……あのメデオ？」

コレットは彼について知っているらしい。正直知りたくもないんだが。

「トモ。この人は城下町でもトップクラスのヒーラーだよ。蘇生魔法の専門家でしょうね。頼んでもいないのに説明しようってんだから。

ま、聞くだけならタダだろうし……

「わかった。説明してくれ」

「いいだろう！　蘇生魔法はな……命を救うんじゃない!!　命を奪うんだよ!!」

えっ何……？　どういうこと？

「人間誰もが次の瞬間に死ぬと思って生きてはいないだろう？　当然だ。常に突然死や事故などの微々たる可能性に怯《おび》えて生きるのは余りに滑稽。ならば体調を崩した時は？　頭痛があったら？　目眩《めまい》がしたら？　普段は痛まない箇所が痛んだら？　胸に激痛が走ったら？　多くの人間はこの何《ど》処《こ》かに一瞬、死が脳裏を過《よ》ぎるものだ。それは己の経験に基づくのではない。死の実例から学び得た自分なりの基準だ。人は死を直感ではなく客観性で判断する。『これは死ぬかもしれない』と頭の中で思い描き、ようやく実感する。それが死だ。では、背後から一瞬で首を刎《は》ねられ自覚なきまま死亡した人間を生き返らせたら、どんな反応を最初に見せると思う？」

「……ん？　今俺質問された？」

「多分」

コレットも困惑気味だ。こんな奴とは知らなかったっぽいな。

えーっと……要するに『自覚せず死んだ人間を蘇生魔法で生き返らせたら第一声で何を言う？』って質問か。前半まるっと要らなかったろ。水増しにも程がある。

「そりゃ、自分が死んだのを理解してないんだから……混乱するんじゃないか？　殺される直前とは視界も全然違うだろうし」

「正論だ。ところが、蘇生魔法で生き返った人間は例外なく自分が死んだことを理解している」

「……そうなの？」

「不思議だろう？　俺はこの理由をずっと考えていた。ここ10年、このことばかりを考え生きてきたと言ってもいい。魔王などより余程重要だからな」

いや魔王軽視しすぎだろ。もっと敬意払ってやれよ魔の王なんだから。

「熟考の末、俺は一つの仮説を立てた。蘇生魔法は回復魔法とは異なる体系の魔法であると。回復魔法は人間の身体に備わっている自然治癒力を高めるもの。それに対し蘇生魔法は……」

自分には全く関係のない分野の話なのに、何故《なぜ》か聞き入ってしまう。

蘇生魔法は一体、どういう性質の魔法なんだ……？

「続きを聞きたければここを訪ねるがいい。真実の扉が開く。その時お前は知るだろう。蘇生魔法の真の素晴らしさ、そして……生きることの素晴らしさを」

……は？

「ヒーラーギルド【ラヴィヴィオ】はいつでもお前を歓迎しよう！　俺を頼れ！　俺は決してお前

を見捨てはしない！　どんな無残な姿になろうと蘇《よみがえ》らせてやろう！　ではさらばだ！」

なんか雄々しく拳を握り締めて感涙し、メデオとやらは優雅に去って行く。奴の残したカードを手に取って眺めてみると、住所と思《おぼ》しき記載があった。

これってやっぱり……

「勧誘だね」

「しょーもな！　時間返せ！」

この街ではヒーラーがあんな新興宗教まがいの勧誘をやってんの？　まあ、話を聞くだけだし実害はなかったけどさ……

にしても店の中であんな騒いだのに、店員は来ないし周りの客も全然こっち見てないな。

あれが見慣れた日常風景なんだろうか。知れば知るほど嫌な街だな。

「でも俺、ヒーラーの素質なんて一切ないんだけど。勧誘してどうすんだ」

「彼らの目的はヒーラーを増やすことじゃなくて、専属契約を交わすことなんだよ。契約を交わして専属のヒーラーになったら、クエストを受注した時やフィールド探索をする時は必ず彼らを連れていかなくちゃいけなくて」

成程。でもそれくらいなら大したデメリットもないよな。

高レベルのヒーラーなんて、冒険者にとっては必須の人材だろう。

「で、冒険が一段落したら回復料を請求してくるんだよ」

「……はい？」

「回復させた回数や生命力の総量に応じて料金を要求してくるんだよね。しかも明らかに法外な額を。それだけならまだしも、もし蘇生なんてして貰おうものなら一生お金を強請《ゆす》り続けられるよ。『我々は命の恩人なのだから、これくらいはして貰わないと』って」

な……なんだそりゃ!?　命を奪うってそういう意味なのか!?

「いやでも、そんな請求無視すればいいだけなんじゃないの？　法に触れる訳でもないし……」

「でも、ラヴィヴィオってヒーラーギルドの最大手なんだよね。請求を無視したら多くのヒーラーから無視されることになるよ。そうなると魔王討伐どころじゃないかも」

「なんで最大手が詐欺集団なんだよ！」

「そこはなんていうか、ヒーラー軽視の歴史？　蘇生魔法で命を救ったのに、仲間からそれが当たり前みたいな顔をされ続けたことに内心怒り心頭だったヒーラーたちが結束した、みたいな」

……そう言われると妙に納得してしまう。

もし自分を死の淵《ふち》から蘇らせてくれた医者がいたとしたら一生感謝するよな。

でも仲間が蘇生魔法で生き返らせてくれても軽く礼を言って終わり。

ヒーラーが内心キレていたとしても不思議じゃないか……

「何にしても、ヒーラーがあんな感じじゃ冒険者はやっぱ無理。もっと安全で謙虚、堅実をモットーに生きていける職業がいい」

「もーいくじなしー」

「何とでも言え」

そんな不毛なやり取りをしていると――

「あの……サインください！」

いつの間にかコレットの傍《そば》に10代前半くらいの女の子が立っていた。

その手には色紙……かどうかはわからないけど四角い厚手の紙。

この世界にも有名人にサイン貰う文化ってあるんだな。

「わ、私？」

「はいっ！　えっと、一撃で混沌王《こんとんおう》を倒したって聞いてファンになりました！　強くて綺麗《きれい》でカッコ良いです！」

おお、コレットのファン第一号だ。

どうするコレット、これは無下にはできないぞ。幾ら人見知りでも……

「ふふ。ありがと。ちょっと待ってね」

……およそコレットとは思えない大人な対応。

爽やか笑顔で色紙（仮）を受け取りスラスラと名前を書いていく。

しかもやたら洗練されたクールな書体で。

「お名前は？」

「ユマです」

「ユマちゃんへ……と。可愛くて素敵な名前だね」

誰だお前は。やたらお姉さんぶってるけど普段が普段だけに違和感しかない。

「ありがとうございます！　それで、あの……」

「握手？　ちょっと待ってね。手を拭くから」

「ち、違います。その……お名前の前に『ワンパン聖騎士』って付け加えて欲しくて」

「……」

おいコレット顔！　ファン相手に真顔はダメだって！

「も、勿論大丈夫だよ。こんな感じでいいかな？」

あーあー手が震えちゃってミミズの這《は》うような字に……もう見てられない。

「わーっ！　嬉《うれ》しいです！　一生大切にしますね！」

ユマちゃんは満面の笑みを浮かべて『ワンパン聖騎士コレット　ユマちゃんへ』と書かれた色紙を胸に抱いている。

その中の『コレット』の文字だけが極端にスタイリッシュだからバランス悪いったらない。

「私の家って昔、武器屋だったんです。まだやってた頃にコレットさんがお客さんとして来てくれて。【ラーマ】って武器屋、覚えてますか？」

「うん。説明も丁寧で良い武器屋さんだったよ。閉めちゃったんだ」

「はい……もう少しがんばってたら、コレットさんのおかげで繁盛してたかもしれないのに」

ん？　どういうこと？

「私のおかげ？」

「知りませんでした？　コレットさんが混沌王やっつけた直後から武器が飛ぶように売れてるみたいですよ。お父さんが悔しがってました」

初耳だ。コレットも身に覚えがないのか困惑している。

「それじゃ、私自分の席に戻りますね。コレットさん、魔王討伐もがんばって下さい！　応援してます！」

ユマちゃんはコレットに何度も頭を下げ、パタパタと去って行った。

推しに余り時間を割かせないファンの鑑《かがみ》だ。

「にしても……」

「うん。ビックリだよね」

「ああ。まさかコレットがあんな手早く自分のサインを書けるなんてな。密《ひそ》かに練習してたろ」

「そっちじゃなくて武器の話！　私のおかげって言ってたけど……違うよね？」

「さあな。ルウェリアさんトコ行って御主人にでも聞けばわかるんじゃねえの」

「それだ！　早速行こ！」

思い立ったが吉日と言わんばかりに、コレットは勢い良く席を立つ。

仕方ない、付き合うか。

「いやでもサインをねぇ……練習してるとはねぇ」

「べ、別にいいでしょ？　誰だって子供の時にはそれくらい……」

「子供？　アペルピシア倒した後じゃなくて？」

「……あぅ」

そういや人見知りの割にサインねだられた時はやけにノリノリだったな。

親たちのプレッシャーで抑圧された子供時代って印象だったけど、楽しい時間もそれなりにあったんだな。

「よかったな夢が叶《かな》って」

「全然子供の頃からの夢とかじゃないですけど!?　あっ、待ってよ！　ちゃんと訂正させてー！」

別に待ってもいいけど、ここから先はオーバーキルになるだけだ。

無視とは時に優しさなのだよコレット君。

そんな訳でサクッとお会計を済ませ、ルウェリアさんたちの武器屋へと向かった。

◆　◆　◆

「ああそうだな。売れてるってよ。飛ぶように。武器が。巷《ちまた》じゃ。何処の店でも」

……予想に反し、店内の雰囲気は明らかに荒《すさ》んでいた。

「あの……」

「皆まで言うんじゃねぇ。見ての通りだ。察しろ」

いませんね。俺たち以外誰も。そして先日訪れた時と展示品の数が変わってない。

ま、まあ普通は在庫の方を先に売るからね。展示品が減らないのは普通だ。

でもこの武器屋って一点物が多いんだよな……

「つかぬことをお聞きしますが、昨日なんてのは何人くらいお客さん来ました？」

「お客様と言え。たとえこの場にいなくともお客様は神様だ」

「なら神様が神隠しに遭ったんですかね。小粋ですね。ところで昨日この店に何人お客様が訪れたのかお尋ねしたいんですが」

「…………………ゼロだ」

ゼロ……？　売上じゃなく来客がゼロ？　そんなことある……？

「まー、なんつーか……そ、そんな日もあらぁな」

「いやいやいや！　ダメですよあっちゃ！　この店次元の狭間《はざま》か何かに落とされてませんか!?」

「……」

御主人の顔は『それだったらまだいいかもなあ』って悲哀に満ちている。

あれ？　この感じ、初めての出来事じゃないな？

「昨日からルウェリアが体調を崩しててな。あいつが店に出ない日はこんなもんだ。こっ……これが現実って奴でさぁ……」

御主人……！

ずっと我慢してたんですね。屈辱だったんですね。溢《あふ》れ出た涙が止まりませんね。

「なあコレット。暗黒武器ってそんなに人気ないの？」

「んー……マイナーなのは確かだけど、マニアは結構いると思うよ？　それもディープな」

だよな。俺もそんなイメージだ。単に厨二《ちゆうに》的な趣味ってだけじゃなく暗殺者スタイルの戦士とか、それこそ暗黒騎士がいても何ら不思議じゃない世界なんだし。

でも現実はルウェリアさん目当ての客が大半。暗黒武器屋としての需要はほぼ皆無だ。

「そういや、このお店って名前なんて言うんですか？　看板見当たらないんですけど」

「ああ。看板なら最近発注したばっかりでな。店名変えたからよ」

「なんでまた」

「それがよ、いいの思い付いたんだ。前のもまあ悪くなかったんだが更にいいんだ。ルウェリアも賛成してくれてな」

ニヤリと口の端を吊《つ》り上げつつ、御主人は看板の完成予定図らしき物を見せてくれた。

【ベリアルザガンバラムヴィネアスモデウスプルソンベレトパイモンバアル武器商会】

「なんですかこの意味不明な文字の羅列は」

「だから店名だっつってんだろ！　どうだ？　暗黒武器を扱ってるのが一目でわかる毒々しいカッコ良さが滲《にじ》み出てるだろ？」

「……」

「あっ！　テメェ今目ェ逸《そ》らしたか!?　ウチの店の名前から目ェ逸らしたか!?」

仕方ないでしょ実際目が滑るんだから。ホントは舌打ちしたいくらいだよ。

人の良いコレットですらドン引きしてるぞ。

「えっと……これだけ長いと流石《さすが》に覚えて貰えないんじゃないでしょうか」

「まあそうなんだが、覚えやすさよりもカッコ良さが大事だろ？　まずウチはこういう店だってのをビシーッとお客様に伝えるのが店名の役割じゃねぇか？」

……よーくわかった。

この店はダメだ。恩人だから敢《あ》えて口には出さないけど、御主人の商才がまず終わってる。

よく今日まで潰れなかったな。ルウェリアさん様様だ。

「いやな、俺も危機感は持ってんだよ。このままじゃマズいってな。店名変更もリスクを承知で話題になればって一心での決断さ。アレだ、略称みたいなのをお客様発信で付けて貰えば愛着持って貰えるだろ？　『ベリアルザ武器商会』って感じでさ」

成程。方向性はともかくとして、全く何も考えてないって訳じゃないんだな。

それならまだ救いはある。

「……なあ78ちゃん。いや、ワンパン聖騎士様よぉ」

「普通に名前で呼んで下さい！」

「お、おお。それじゃコレット、すまねぇが協力してくれねぇか？　このままじゃルウェリアに合わせる顔がねぇ！」

最初からない気もするけど、ここは黙って話を聞こう。

「ちょっとの間でいいんだ。ウチの武器を装備してクエストとか受けてくれ！　今のお前の評判なら、それだけで宣伝になるし暗黒武器の印象もよくなると思うんだよ！」

「それは……」

コレットは露骨に嫌がってこそいないものの、余り乗り気ではなさげ。子供の頃から散々広告塔にされて嫌な思いをしてきたみたいだしな。単純に属性との相性もあるし。

ここは俺が泥を被《かぶ》って断るのが一番穏便に――

「わかりました。やります」

凜《りん》とした声。本当にコレットの声かと疑うくらい、堂々とした答えだった。

「いいのか？　暗黒系との相性最悪なんだろ？」

「全身を覆う防具じゃなかったら大丈夫みたい。それに先日は改造計画でお世話になったし、ルウェリアさんは本気で私をよくしようって思ってくれてたから。今度は私の番」

おお……たった一度の成功体験がここまで人を変えるのか。ちょっと感動しちゃったよ俺。

「やってくれるか！　ありがとぉ！　ありがとよぉぉぉ……そんじゃ装備して貰う武器を決めようか。用意してくるから試着ヨロシクな」

切り替え早っ。男泣きってあんな一瞬で収まるもんかね。

ま、何にしてもコレットがこうして街の住民と交流を図るのは好ましいことだ。

「トモも手伝ってくれるよね？」

「ああ。でもフィールドやダンジョンには同行しないぞ。それは冒険者の仕事だからな」

「うん。クエストの内容に合わせてステータスの最適化だけして貰えれば、後は大丈夫」

やけに頼もしいな。ファンが付いたことで自信も付いたのか。

まあ何にせよ、御主人やルウェリアさんには俺も恩があるし我関せずって訳にはいかない。それに今は俺自身が下手に動き回るより、コレットの手助けをする方が多くの信頼を得られそうだ。

「トモ」

「ん？　何？」

「なんか私ね、トモと出会ってから人生がパーッって開けた気がするんだ。こういうのって運命って言うのかな？」

「……知らねーよ」

急に可愛いこと言い出しやがって。照れるじゃねーか。

「これからも宜《よろ》しくね」

「ああ。こちらこそ」

――なんてやり取りがフラグになることを、全く恐れていなかった訳じゃなかった。

結論から言うと、この御主人の案は大失敗に終わった。

幾らアペルピシアを倒し銀髪女子にグレードアップしたコレットが時の人といっても、暗黒武器の禍々《まがまが》しさには勝てなかった。

子供は泣き喚《わめ》き、親は怒り、老人は目を背ける。暗黒武器の評判がイマイチなのはわかっていたけど、ここまで嫌悪感を抱かれていたのは想定外だった。

そんなゲテモノ武器を装備して街中を歩き回った結果、コレットの評判は大暴落。

当然ベリアルザ武器商会の売上が伸びる筈《はず》もなく、完全なる共倒れとなった。

この一連の騒動は後に『ワンパン聖騎士の乱』と呼ばれ、調子に乗った冒険者を戒める教訓として長らく言い伝えられたという。

「違います！　サバトじゃありません！　悪魔召喚の儀式とか開くつもりはないですから！　教祖じゃないです！　ああっ石投げないで！」

今日も壁の向こうでコレットは悲鳴交じりの寝言を叫んでいる。しばらくしたら隣人の怒号と宿の主人の苦しいフォローが聞こえてくるだろう。

あいつ、そのうち寝る所なくなっちゃうな……

第五話　この街の住民はダメだ

「なんでこんなことになっちゃったの!?」

あれから数日。俺とコレットはシレクス家に呼び出され、だだっ広い応接室でフレンデリア御《お》嬢様《じょうさま》の説教を受けている。

お怒りになるのも当然だ。準備や喧伝《けんでん》でかなりのお金を使ったであろうコレット改造計画の成果が、俺たちの杜撰《ずさん》な思いつきであっという間に消え去ってしまったんだから。

「すみません……私が軽率でした」

「違うのコレット。私コレットを責めてなんていないからそんな顔しないで。コレットはただ純粋な厚意で潰れかけの武器屋を助けようとしただけ。相談相手のクセに何のフォローもできなかった何処《どこ》かの誰かさんが悪いの」

言いたい放題だなオイ。

でも確かに、あの場で止められるのは俺だけだった。そういう意味では俺が責められるべきだろう。でも見た目は18歳頭脳は32歳の身で長々と説教を受けるのは正直しんどい。

説教はですね、する分には気持ち良いですけどされるのは嫌なんです。

「申し訳ありません。コレットが自分からがんばるって言い出したことに感動して、目が曇っちゃったんですよ」

「そう言われると共感しかないじゃない。だったら仕方ないか」

「あの、私子供じゃないんで……」

コレットは不満そうだったけど、無事貴族令嬢のカミナリを回避できた。

「私も武器の需要に明るい訳じゃないけど、あの武器屋はもっと扱う人たちに寄り添った武器を売るべきなんじゃないの？　歩み寄らないと」

「貴族の割に庶民感覚ですね」

「もう貴族だから偉ぶっていればいいって時代じゃないもの。そうよね？」

「その通りでございます」

執事のセバチャスンは基本イエスマンだけど、今の返答には実感がこもっている気がした。

貴族も貴族ならではの苦労があるんだろう。

「それじゃ地道に市場調査でもやりますか」

◆　◆　◆

——ってな訳で、コレットと協力しながら市場調査を開始。

冒険者ギルドをはじめ戦士が集まりそうな場所や如何《いか》にも暗黒武器が似合いそうな暗黒街など色

んな所を練り歩き、彼らが一体何を重視して武器選びをしているか探ってみた。

その結果、一番優先順位が高かったのは『見た目』だった。

終盤の街に売っている武器なんてどれも威力は最高峰だし、住んでいる連中は金に困っていない。

そう考えると妥当な結果だ。

うーん……これはもう絶望なんじゃないかな。見た目重視で暗黒武器が需要を勝ち取るなんて無理だよ。禍々《まがまが》しいんだもん。美的感覚以前にまず生理的嫌悪でハジかれちゃうよね。

「まあ、一応ここまでは寄っておくか」

日も暮れ既に終戦ムードが漂う中、最後に訪れたのは【コンプライアンスの酒場】。

冒険者ギルドの隣にある酒場だから、冒険者をはじめ多くの客が何らかの武器を所有している筈《はず》だ。夕食時のこの時間帯は特に人が多い。

ただし血気盛んな客が多い為《ため》、トラブルも絶えない。

「力こそパワァァァァアアアア!!　どうだぁオイ！　見たかこの力!!」

ほら。入店した途端これだよ。テーブルの一つが客によって破壊されてますよ。

「テメェ何してんだコラぁ！　オレの店でフザけたことしてんじゃねぇぞボケがぁ！」

間髪を容《い》れず、マスターと思《おぼ》しき髭面《ひげづら》の男が宙を舞いドロップキックをかます。さっきテーブルを破壊した客が吹き飛び、盛大な音をあげ壁にめり込んだ。

「ぎゃはははははは！　テメーの店をテメーでブチ壊してんじゃねーか！」

「ぐわははははははははは！　次はテメェらのカラッポの頭に酒瓶くれてやろうか！」

マスターと20人くらいの客たちが一斉に笑い出す。壁にめり込んでる客までも。

何が面白いのか全くわからん……全員頭おかしいんじゃねーか？

「ね、ねえトモ。もう帰ろ？　私この空間に一瞬たりともいたくないんだけど……」

「やあコレットさん。珍しいね、こんな所に来るなんて」

不意に、なんとなく聞いたことがあるような男声が喧騒《けんそう》の間隙を縫うように届いた。

その方を向くと同時に——

「それじゃ私先に帰るね！」

隣にいた筈のコレットが一瞬で店を出て行った。

そこまで嫌だったのか。まあこういう騒々しい雰囲気は俺も苦手だし気持ちはわかる。

コレットに話しかけてきた人もタイミング悪かったな……ん？

「ちょっとザック。何しれっと他の女に声かけてるの？」

ザックと呼ばれたその彼には見覚えがある。

冒険者ギルドで受付嬢のマルガリータさんに塩対応されてたアイザックって奴《やつ》だ。

どうやらそのアイザック君、ハーレムパーティを組んでいるらしい。冒険者っぽい格好をした三人の女性が同じテーブルを囲んでいる。

「まーたメイメイのヤキモチ芸が始まった。ザック、相手にしちゃダメだからね」

「誰がヤキモチなんて焼いてるって!?　ミッチャ、馬鹿なこと言わないで！」

「あ、あの……公衆の場でケンカは……」

右から順にツインテール、ポニーテール、三つ編みの女の子が三者三様の物言いで如何にもハーレムパーティって感じのテンプレ的なやり取りをしている。

ハーレムねえ。一般的には男の夢って感じだけど、女性ばかりのパーティには正直そこまで惹《ひ》かれないよなあ。気苦労が多くなりそうだし。俺のガガンボメンタルでは到底耐えきれない。

「そんなんじゃないよ。彼女とは冒険者ギルドの今後について一度話をしたくて……あれ？　君とは前に一度会ったことがあったよね」

ようやく俺の存在に気付いたらしい。

でもあんな短いやり取りだけで俺のことを覚えていたのは意外だ。イケメンの強者《つわもの》に認知されてるってだけで若干嬉《うれ》しくなっちゃうこのチョロさ。我ながら情けない。

「はい。冒険者ギルドで混沌王《こんとんおう》とかについて教えて貰《もら》ったことが」

「そうそう。コレットさんと知り合いだったんだね。もしかして君がアペルピシアを倒すよう彼女に進言したのかな？」

「俺じゃないです。シレクス家の令嬢がコレットに依頼したんですよ」

「フレンデリア様か。確かにあの方はコレットさんを贔屓《ひいき》にしていた。そういうことか」

よくわからないけど、アイザック君は妙に納得した様子で何度も小刻みに頷《うなず》いている。

酔っている様子もないし、彼らに暗黒武器について聞いてみるか？

「実は僕たちもアペルピシア討伐を狙っていたんだ。先を越されて少し意気消沈しちゃっててね。仕方ないからお酒で憂さ晴らしをしてるんだよ」

おおう。爽やかな顔で中々ぶっちゃけてくるじゃん。俺がコレットの知り合いだとわかった上での発言だし、多少は皮肉が込められていると見るべきだろう。

「コレットさんはレベル78でありながら、これまでモンスター討伐には消極的だった。一体どういう心境の変化なのか、君は何か内情を知っているのかな？」

「さあ」

「彼女は常に一人だった。孤高の存在だったんだ。そんなコレットさんが、君を連れて酒場に来た。この事実を簡単に受け入れるのは難しいな。君は果たして何者なんだろうね」

成程。さっきの皮肉の理由はこれか。

どうやらアイザックは俺がコレットを誑《たぶら》かしていると疑っているらしい。

自分は三人の女性を誑かしている癖に、随分とまあ臆面もなく……と言いたいところだけど、ポイントはそこじゃない。素性が知れない俺への牽制《けんせい》を兼ねているのは明白だ。

この身体《からだ》の元々の持ち主が生前何者で、何処から来たのかは知らない。ただ現状、城下町に滞在していたとは考え難《にく》い。そんな流れ者が急にレベル78の冒険者と連れ立って行動していたら、怪しい人物だと疑うのは当然だろう。

「確かに、貴方《あなた》にしてみりゃ俺はポッと出かもしれません。この街に来たのはつい最近だし、記憶を一部失っていて身分を証明する術《すべ》もないですから」

「記憶を……」

余計怪しいと思われただろうな。

でも転生者なんて打ち明ける訳にはいかないし、これが今のところは最善策だ。

「だから今は、住民の信頼を得ようと毎日必死に動き回っている最中です。コレットにはフィールドでモンスターに襲われているところを偶然助けて貰って、以来ずっと世話になってるんですよ」

嘘《うそ》は何も言っていない。

さて、どう出る……？

「成程ね。記憶がない上にレベル18の君を心配して寄り添っている訳か」

……そういやレベルを測定したあの場にいたんだったな。そりゃ怪しむわ。

「了解したよ。アペルピシア討伐も君が信頼を得る為の一助と考えれば納得がいく。君も同行していたって話だったからね」

混沌王を倒した時の話はフレンデリア御嬢様がクドいくらい宣伝して回ったらしいし、俺が同行していたことも周知されているんだろう。

あの時の三人パーティの中で俺だけが極端にショボかったし、これも怪しまれていた要因の一つかもしれない。

「僕はアイザック。レベル60の冒険者だ」

「えーっと……トモです。今のところ特に肩書きらしい肩書きはありません」

「気にすることはないよ。遜《へりくだ》った話し方も必要ない。非礼のお詫《わ》びって訳じゃないけどね」

発言がいちいち上から目線なのはこの際置いといて……レベルって自己紹介の時にわざわざ申告するものなんか？　まあでもこの世界の慣習かもしれないし、迂闊《うかつ》に『自己主張強いな！』ってツッコむ訳にもいかないいか。

「それじゃ、親睦を深める為にも一緒に飲むなんてどうかな？」

「それは遠慮しておきます」

アイザックは気付いていないけど、さっきからずっと取り巻きの三人が俺を睨《にら》んでるんですよね。空気読め、早く消えろって圧がスゴい。やっぱハーレムパーティって外部の男は異物扱いなんだな。おっかねぇ……情報収集したらとっとと退散しよう。

「その代わり聞きたいことが――」

「アイザ――――――ック！　テメェ調子乗ってんじゃねーぞ！」

「いっつもいっつも涼しい顔して女連れてよお！　生意気なんだよクソが！」

「死ーね！　死ーね！　死ーね！　死ーね！　死ーね！」

おおう、突然のバッシング。しかも酒場中から罵声が飛び交っている。

まあ野郎ばっかの酒場にハーレム状態で来ればヘイトも溜《た》まるか。

「大丈夫。いつものことだよ。もう慣れっこさ」

いや別に心配してないんですけど。いっそ清々《すがすが》しいくらいの主人公ヅラだ。割と嫌いじゃない。

「おいそっちのテメェ！　見ねぇ顔だな！　殺すぞ！」

えぇぇ……どんな絡み方だよ。酔ってるにしても雑すぎるだろ。

「彼は元冒険者のマッキーだ。引退時のレベルは57だったかな。15年前に猛威を振るったあの有名なモンスター、狂飆《きょうひょう》王《おう》ノテロスを虐殺した人物として有名だね」

……王が付くモンスターって虐殺されるもんなの？　まあ先日ウチのコレットはもっとエグい倒し方してたけどさ。

「さっき僕を罵倒していた向こうの全剃《ぜんそ》りの彼も元冒険者で、名前はサノス。レベルは54だったかな？　大量発生した地獄の番犬ケルベロスを単身で一網打尽にした実績を持ってる。その隣で死ねと連呼していたのは元ソーサラーのヤミップ。20年前に空から降って来たウォーレン隕石《いんせき》を魔法で迎え撃って世界を救った英雄だ」

英雄の末路がアレか……世も末だなオイ。

「他の連中も大半がかつて何らかの伝説を作った面々だね。みんなもうとっくに引退して、今は気楽な余生を送っているようだけど」

ここにいる20数名の客がみんなレジェンドってか。とんでもない話だ。

「それでも全体のごく一部に過ぎない。石を投げれば英雄に当たる街なのさ、ここは」

マジか。あらためて、ここが終盤の街なんだと思い知らされるな。

つっても今はただの飲んだくれ。体型も引き締まっている訳じゃないし、所詮は過去の栄光なんだろう。

「よおアイザック。今日は決着付けようぜ」

「また一気飲み対決かい？　悪いけど遠慮しておくよ。酒は味を楽しむものだろ？」

「なんだぁ？　自信がないのかい？　可愛《かわい》いお仲間に随分好かれるみてえだが、この程度のヘタレ野郎にお熱たあセンスねー奴らだ」

「……わかった。僕が勝ったら今の発言を撤回して貰う」

あんなミエミエの挑発に乗るんか。煽《あお》り耐性低すぎるぞアイザック。

でも取り巻きの三人は勝負を受けたアイザックを男らしいと解釈したみたいで、全員揃《そろ》って頬を赤らめウットリしてる。

ホント絵に描いたようなハーレムパーティだな。あの中に別の男が加入したらどうなるんだろ。

……想像するだけで軽く死ねますね。まあ、そんな物好きはこの世にいないだろうけど。

「おいそこの新参！　勝負の見届け人になれや！　素面《しらふ》の奴じゃねぇと明日忘れちまうからな！」

おいおい巻き込まないでくれよ。でも酒を強要されるよりはマシか。

「はいはい。そんじゃ勝負開始」

俺の投げやりな言葉を合図に、両者が勢いよく酒を飲み出す。その様子を肴《さかな》に、他のテーブルの連中もやいのやいの言いながら飲む。そんな光景を笑顔で見ながらマスターも飲む。

飲んで飲んで飲んで飲んで飲んで飲んで飲んで飲んで飲んで飲んで——

「が————っはっはっはっはっは！　アガって来たぜぇ！」

「あはははははは！　今日は最高の気分だなあ！　なあみんな！」

気付けば真夜中。俺以外、全員漏れなく泥酔。

そして地獄が始まった。

「なあ聞いてくれよあんちゃん！　俺がまだあんたくらいの頃はなあ！　そりゃあもうストイックに修行に励んだもんさ！　頭が禿《は》げ上がるくらいにな！」

「テメェのハゲは元々だろうが！　いいように言うんじゃねぇ！」

「ンだとコラ！　殺すぞデブ！　引退した途端にブクブク太りやがって！」

次から次に酔っ払いが絡んでくる。そして勝手にケンカを始めて殴り合う。

もうずっとこんな調子だ。勘弁してくれ。

「よぉーしテメェら！　こんな夜にシケた酒場でチンタラ飲んでても仕方ねぇ！　外出るぞ外！」

酒場のマスターが自分の店をディスりつつ、客を扇動し大勢で店から出て行った。

……帰るか。

「何帰ろうとしてるんだよ！　君も一緒に来いよ！」

「は!?　ちょっ何して……やめっ……やめろーっ！」

ベロベロに酔っぱらってるアイザックに身体を担がれ、そのまま強制連行。レベル60の馬鹿力に逆らえる筈もなく、俺も付き合わざるを得なくなった。

二軒目に向かう……と思っていたのも束の間《つかのま》。明らかに移動先は市街地の方じゃない。

この先にあるのは冒険者ギルド。そして西門。

その門を抜けた先にあるのは――フィールドだ。

まさか外ってそういう……

「ヒャッハ――――ッ！　久々のフィールドだぜぇ！　タマんねぇな！」

……嘘だろ？　夜中だぞ？

こんな真っ暗な中でモンスター蔓延《はびこ》るフィールドに……あーあーあーあー出ちゃってるよ酔っ払いどもがゾロゾロ門から。つーかアイザックも凄《すご》い勢いでそれに付いて行っちゃってるよ。

当然フィールドに街灯なんてない。月に似た星の明かりで微《かす》かに地面くらいは見えるけど……

「うぇ――――い！　【フィクストライト】使っちゃうもんね――――っ！」

そんな叫び声の直後、周囲が急に明るくなった。どうやら元ソーサラーが光球を上空へ放ったらしく、彼の遥《はる》か上で煌々《こうこう》と輝いている。しかも彼の移動に合わせて付いて来ている。

自動追尾式のライトか。多分だけど相当高レベルな魔法だよな。

「おおっとモンスターの群れ発見！　暗い中お勤めご苦労様で――――す！」

「よおおおおおし久々に殺《や》っか！　殺ってやっか！」

「ひゃっほおおおおおおおおおおおおおおお!!」

おいマジか。

マジかこいつら！

こんな夜中にこんな大勢でモンスター狩りって！

しかも酔った勢いでの突発的な行動だから武器や防具なんて誰も持ってきちゃいない。

全員私服でモンスターの群れへと突っ込んでいってる。

……なんだこれは。意味わからんて。

「オラぁ！」

酒場のマスターが先陣を切って、別に何の悪さもしていない最寄りのモンスターに向かってドロップキックをかます。

「ひゃははは！　オメガグリズリー吹っ飛びすぎ！　超ダッセぇ！」

「いいぞ！　マスターに続けぇ！」

その一撃を狼煙《のろし》に、約20名の酔っ払いたちによる無益な蹂躙《じゅうりん》が始まった。

モンスターたちだって無抵抗ではいない。何しろ彼らも終盤の街周辺に陣取るエリート。さっき馬鹿にされてたオメガグリズリーも明らかに強そうだし、他にも多頭ドラゴンなど大物ばかりだ。

「ギャオッ！　ゲボォ！　グブァァ……ガフッ」

「ピィ――――ッ！　ピキャ――――――ッ！」

そんな彼らが、既に引退して体型も崩れ気味な素手の住民に手も足も出ず、次々と倒され泣きながら敗走していくこの光景には人間側の俺にさえ胸にクるものがある。

……俺は今、何を見せられているんだ？

「いよぉ――し！　テメェらこのまま魔王城に突っ込むぞ――――！　魔王狩りじゃ――――っ！」

「おおおおおおおおおおおおおおおおおおおおおおお！」

もう彼らを止められる者はいない。

誰一人離脱しないまま行く先々のモンスターを倒し続け、異常なスピードで進軍していく。

この勢いそのままに魔王城まで攻め入ってしまいそうだ。

でも魔王を倒す方法はないって話だったような。魔王城にはいないかもって噂《うわさ》もあるし。

つーかそれ以前に……

『それとつい先日、魔王城の周辺一帯に毒霧の発生が確認されました』

『今って毒霧の影響もあって魔王討伐が停滞しているでしょ？』

あっヤバい！　このままだと毒霧とやらに突っ込んで死んじゃう！

「おいアイザック降ろせ！　つーか止まれ！　このままだと全滅だって！」

「嫌だね！　僕は止まらない！　僕が僕である為に勝ち続けなきゃならないんだ！」

「お、落ち着けアイザック！　このままじゃ仲間の子たちも死ぬんだぞ！」

「……」

うわぁ！　いきなり落ち着くな！

「僕は選べないんだ」

今度は急になんだよ。脳と情緒どうなってんの？

「彼女たちの好意には気付いているさ。僕は鈍感じゃないからね。だけどメイメイもミッチャもチッチもそれぞれに魅力があるし、みんな僕を同じくらい慕ってくれている。一人だけを選ぶなんて残酷なこと、僕には……できない」

「じゃあ選ばなきゃいいじゃん」

「そんな無責任なことはできない！」

知らねーよ。ハーレムの時点で責任もクソもねーだろ。

ってか、取り巻きの三人何処にもいねーな。そもそも酒場から出てきていないのかもしれない。

「僕は……僕はダメな奴だ――――っ！」

「いや降ろせよ！　なんで俺を担いでいくんだよ！」

絶叫も空《むな》しく、アイザックは少し遅れて酒場の連中に付いて行く。

喉が嗄《か》れるまで必死に叫び倒したものの、アイザックの酔いが醒《さ》めることはなく――

とうとう毒霧の範囲と思しきエリアまで来てしまった。

前方、魔王城がある方向に黒い霧が立ち込めている。その霧で阻まれ魔王城は全く見えない。

魔法のライトで視認できるとはいえ、それはあくまで濃度が高い箇所。実際にはその遥か前方か

ら毒成分が漂っている筈だ。

流石《さすが》にあのバカどももいい加減止まって……

「なんかモヤッてしてるが構うこたぁねぇ！　突っ込むぞテメェら！」

「おおおおおおおおおおおおお！」

……は？

「グッ！　息が……ゲハァッ！」

「うぐぁぁぁぁぁぁぁぁ」

まだ酒が抜けていない酒場の客どもは無謀にも毒霧の中に突っ込んでいき、一人また一人と倒れていった。

うーわ。こりゃマジでヤバい毒霧だ。幾ら泥酔していたとはいえ、あの猛者たちがちょっと中に入っただけでこうも簡単にバタバタと……余りにも殺傷力が高すぎる。

つーかどうすんだよこの惨状。あいつらもう死んでんじゃねーか……？

「案ずるな死者どもよ！　俺の名はメデオ！　永久《とこしえ》のヒーラーにして蘇生《そせい》魔法の担い手！」

突如フィールドに響く、聞き覚えのある野太い声。

あれ？　アイツ酒場にいたっけ……？

「俺が来たからにはもう安心だ！　ぬうううん……【イースター】！」

一体何処から現れたのかわからないメデオが力を溜め、四肢を目いっぱい広げて天を仰ぐ。

すると、さっきまで倒れていたレジェンド軍団が一人また一人と起き上がっていった。

今のって全体蘇生魔法か？　そんな高レベルな魔法使えるのかよ。担い手を自認するだけはある。

とはいえ――

「なんだぁ……？　俺死んでたのか？」

「ぐはははは！　よくわかんねーが今生きてりゃ問題ねぇ！　進軍再開！」

「うおおおおお……ぐふっ」

「フハハハ蘇生祭りだ！　イースター！　イースティア！　イースティアアオ！」

蘇生した場所が毒霧の中だから生き返ってもすぐ苦しむ。それでも奴らは魔王城へ向かって進む。

そして一定数死んだらメデオがまとめて蘇《よみがえ》らせる。その繰り返しが延々と続いている。

いや、もう酔い醒めてるだろ？　一回死んだ時点でさあ。

何が奴らをここまで駆り立ててるんだよ。もはや猟奇的すぎて人間に見えねーよ。百鬼夜行だろこんなの。いや鬼って言うよりゾンビだな。ゾンビ夜行だ。

「……これは一体」

あ。アイザックの酔いが醒めた。

助かったんだけど、目の前の光景が壮絶すぎて安堵《あんど》すら湧いてこない。

つーかさっきから何度も蘇生魔法食らってる奴ら、回復料取られるんだよな？　この場合は蘇生料か。これだけ使われたら一体幾らになるんだ。他人事《ひとごと》ながら想像するだけで寒気がする。

「なあおい！　生きてるって感じするよな！　俺たち今が全盛期だよな！」

「ああ！　久しぶりだぜこの感覚！　全員で目標に向かっ……ぐふっ」

「イーステァアアアンヌ！」

「全員で目標に向かって突き進むっていいよな！」

俺の懸念を他所《よそ》に、当事者たちは揃いも揃ってガンギマリ中。

そうか。奴らはもう酔っているんじゃない。ランナーズハイ……いやゾンビズハイなんだ。

「全く……困った人たちだ」

アイザックは呆《あき》れてゲンナリはしているけど、困惑している様子はない。

多分似たようなことは過去に何度もあったんだろう。

アインシュレイル城下町。魔王城の一番近くにある、圧倒的才能が集う街。

そして同時に、圧倒的にダメな奴らが住まう街。

心からそう思った。

◆　◆　◆

その後、酒場のマスターがふと我に返り『戸締り忘れてた』と呟《つぶや》いて引き返し始めたのをきっかけに全員が撤退を開始。城下町に戻った頃にはすっかり夜が明けていた。

それから数日後。

ベリアルザ武器商会にて調査報告を行うこととなった。

「大丈夫です。この街には必ず暗黒武器が流行《はや》る日が来ます。その日を待ちましょう」

「どしたのトモ!? 何があったの!?」

俺の出した結論に不満があるのか、コレットが襟首を摑《つか》んで何度も揺さぶってくる。

ティシエラも珍しく困惑顔だ。

「いやね、この街の住民ってイカれた奴多いだろ? だったらイカれた武器にもいつか関心を持つと思うんだよ。イカれたもの同士惹かれ合うんじゃねーの」

「私たちの武器はイカれてなどいません! ちょっと異色なだけです!」

ルウェリアさんからお叱りを受けてしまった。でもちょっとじゃないと思うなあ……

「お前が暗黒武器に理解を示してくれたのは嬉しいがよ、その日を待ってたら潰れちまうんだよな」

「その自覚があるのなら普通の武器も売りましょうよ」

「ダメだ。それじゃ気持ちが入らねぇ。防具はまだいいさ。だがメインの武器は暗黒武器一色じゃなきゃ俺たち親子がやる意味がねぇ」

「武器屋として生き残れるギリギリまでがんばっていきたいです」

まあ、当人たちがそこまでこだわるのなら仕方ない。

だったら今まさに売れる物、それも暗黒武器のままで売れる物を用意するしかない。

とりあえずパッと思いつくのは、人気の武器を黒く染めて暗黒バージョンとして売るカラーバリエーション商法。でもこれを言ったところで酷評される未来しか見えない。

「……んー」

「どしたの。お腹《なか》痛い？　擦《さす》ってあげよっか？」

「いや、そうじゃなくて……」

傍《そば》に来たコレットを慌てて止めようとして、ふと気付く。

そう言えばこいつも、元々独自性の塊みたいな奴だった。

何しろ運極振り。

暗黒武器と比べても遜色ない偏りっぷりだ。

でも今は、俺の【ステータス操作】でその偏りは修正できている。

これ……使えないか？

「御主人。武器って固有のステータスとかあります？」

それは我ながら画期的なアイディアだった。

【ステータス操作】による武器の操作。

もしこれが可能なら、暗黒武器をもっと実用的にできるかもしれない。

「武器にステータス……考えたこともねぇけど、少なくとも攻撃力は数値化されてるな」

「後は属性と追加効果でしょうか。でもこれはステータスと言えるかどうか微妙です」

武器を専門に扱うお二人でも断言はできない。余り分の良い賭けではなさそうだ。

でも試すだけならタダだ。

【ステータス操作】は俺自身にも対象にも負担をかける訳じゃないからな。

「中々興味深い話ね。攻撃力以外にも耐久力や硬度の固定値が存在する可能性はあるわ」

「成程、硬さか。確かにな……で、仮にステータスが存在したらどうだってんだ？」

「実は俺、他人のステータスを任意に変更できるスキルが使えるんです」

タナボタで得たスキルだから自慢気に言うのは少々気恥ずかしい。

でもね、こうも思うんですよ。

俺の異世界ライフには『なんて凄いんだ……！』みたいな周りのリアクションが不足してるって。

大したことじゃなくても異様に感心されて持て囃《はや》される瞬間にしか得られない栄養がある。

「そうなんですか。ご立派です」

「なんか小賢《こざか》しい能力だな」

あれ!?　なんか冒険者ギルドでの反応と全然違う！

日頃からステータスと睨めっこしてる冒険者と一般市民の違いか……！

「トモ～、今の顔何～？　もしかしてドヤ顔？　ドヤ顔で自慢したかったんですか～？」

ウチのパラディンマスターがウザすぎる！

チクショウ……生前は他人に自慢できることがなんにもなかったんだから、ちょっとくらい優越感に浸らせてくれてもいいじゃんか……

「まあいいや。で、ここからが本題なんだけど、その能力が人間以外にも使えないかなって思って。もし武器に使えるのなら客のニーズに寄せられるかもしれないし」

要はカスタマイズだな。

これならきっとお二人も興奮して――

「その【ステータス操作】というのは、例えばブラッドスピアコク深めを【ブラッドスピア香り華やぐ】に変化させることができるでしょうか？」

……何かおかしい、何となくそんな気がした。俺の目に映るルウェリアさんは計算高いボケとは縁もゆかりもない真っ正直な人だが、今回ばかりは意図的にボケてるかもとなんとなく捻《ひね》くれた見方をしていると、これまたなんとなくそろそろティシエラがフォローしてくるような気がした。

「その子、真剣よ」

ですよね。

「えーっと、多分そういう変化は望めないんじゃないですかね。やってみないとわかんないけど」

「そうですか……」

シュンとさせてしまった。そんなに華やいで欲しかったんですね。俺には全くわかりませんが。

「でも、どうやってそれを試すの？　人間ならマギソートでステータスの数値を見られるけど、武器だとそうはいかないよ？」

「それについては考えがある。御主人、廃棄予定の武器ってあります？」

「不良品ならあるぜ。何しろ複雑な形状の武器が多いから運搬中に壊れちまうんだよ」

奥から御主人が沢山の武器を無造作に放り投げてくる。

これだけあれば実験材料には困らないな。

その中の剣を一本右手に持ち、そして――

「耐熱性極振り」

そう口にする。

もし武器のステータスを操作可能だったら、これでこの剣の耐熱性は極めて高くなり、それ以外の値は最低値になった筈だ。

「これをティシエラの魔法で炙《あぶ》って貰って、全然焦げ付かなかったら実験成功です」

「成程。上手《うま》いこと考えやがるな」

「でも店内で炎魔法を使う訳にはいかないわ。危険だもの」

確かに火事の恐れもある。水や氷の魔法でサクッと消火はできるかもしれないけど、燃えた箇所は元に戻らないからな。

「だったら場所を変えるか」

◆
◆
◆

アインシュレイル城下町の人口は決して多くはない。

少なくとも俺がいた東京の街と比べれば、その人口密度は多分10分の1にも満たないだろう。終盤の街だけあって人の出入りはかなり少ないと思われる。

一方で、日本とは明らかに自然の多さが異なる。

郊外に平原と見紛《みまが》うくらいの空き地があったり、ジャングルとしか思えない森林地帯が存在したりする。入ったことはないけど。

要は居住地や商業地とは違い、誰も人がいない広大な区域が幾つもあるってことだ。

「どう？　あっちの草原地帯を抜けると水浴びできる綺麗《きれい》な泉もあるのよ！」

「いい感じですね」

シレクス家の高級馬車を使わせて貰って移動して来たのは、そんな郊外にある無人空間の一つ。木はポツポツ生えてるけど植物が生い茂ってはいない乾燥地だから、炎魔法を使っても火事になる心配はない。

「それじゃ早速、さっき耐熱性極振りにしたこの剣を燃やしてみよう。ティシエラ、頼む」

「わかったわ」

地面に置いた剣に向かって、ティシエラが右手を翳《かざ》す。

「我が心の奥底に棲《す》む熱き獣よ。この指先から紅《あか》き衝動となりて灼熱《しやくねつ》の進撃を開始せよ」

お、これは知らない詠唱だ。鍾乳《しようにゆう》洞《どう》では使用しなかった魔法を使う気か。

「ジャイロインフェルノ」

「あれ!?」

聞き覚えのある魔法名と共に、見覚えのある炎魔法が吹き荒れる。

見事に剣に命中したものの……納得いかない。

「あの、ちょっといい？　前に聞いた詠唱と全然違うんだけど」

「それがどうかしたの？　詠唱の内容と出力される魔法の間には何の因果関係もないのだから問題ないでしょう?」

へ……？　そうなの？

じゃあ今の……っていうか詠唱の文言自体が全部アドリブ？

「わ、悪い。そっか、声さえ発せばいいのか」

「発声の必要も特にないわ」

「だったら威力をアップさせる補助的な……」

「そのような効果も特にないけれど」

えぇぇ……じゃあ何の為の詠唱なんだよ。

「トモ、トモ。こっちこっち」

離れた位置から神妙な面持ちで手招きするコレットの方へ慌てて向かう。

その間、ティシエラは赤みを帯びたシックな金髪の毛先を指で弄《いじ》っているのが見えた。

「あのね、魔法を使うのに詠唱の必要は特にないけど、ティシエラさんは詠唱推奨派の先鋒《せんぽう》……っていうか元締めなの。だから機嫌悪くさせるようなこと言っちゃダメだよ」

「確かに機嫌は損ねてるっぽいけど、そもそもなんで詠唱なんて推奨してんの」

「わかんない。私も魔法に詳しい訳じゃないし。でもこういうのって一族の掟《おきて》とか宗教とか色々ありそうでしょ？　あんまり立ち入ったこと聞くのはよくないんじゃないかなー」

……完全に痛い子扱いじゃねーか。

この世界でも詠唱ってそういうジャンルなんだな。

「わかった」

「わかってくれた？」

胸を撫《な》で下ろすコレットから離れ、ティシエラの所に戻る。

「なんで詠唱すんの？」

「トモ!?　私の話聞いてた!?」

聞いてたけど、こういうのを腫れ物扱いするのもよくないだろ。直接聞く方が早いって。

「……そうね。確かに一部の人たちから渋い顔をされることはあるわ。邪教や悪魔崇拝の類を疑われることも」

でしょうね。必要ない詠唱を敢《あ》えてするってちょっと怖いもん。

「でも私は総合的に必要と判断して使用を薦めているに過ぎないの。まず発声することでこれから魔法を使うことを仲間に知らせ、備えて貰う為。次に集中力を高める為。正しい威力と精度の魔法を生み出す上で精神統一の為に詠唱は有効な手段よ。それに付随してイメージの構築。詠唱をしながら自分が使用する魔法を具体的にイメージする。これも集中力に繋《つな》がるし、創造性を育む上でも有用な――」

どっちかというと落ち着いた口調のティシエラさんがまあ早口ですこと。

詠唱の正当性にここまで必死になるとは。

この人アレだな、基本ちゃんとした人だけど時々変なんだな。

「……わかって貰えた？」

「あっはい大丈夫です」

「……」

生返事だった自覚はあるけど、こんなの聞かされてもピンとは来ません。

「それより剣はどうなってます？」

「それよりって貴方……」

ティシエラの抗議を聞こえなかったフリで振り切り、フレンデリア御嬢様がいる剣の傍まで小走りで駆けつける。

剣は——黒かった。

「これ……焦げてるの？　元からこんな色じゃなかった？」

「確かに……」

今更だけど暗黒武器には向いてない実験だった。

まあいい。少なくとも原形をしっかり留《とど》めている時点で耐熱性はかなり高い筈だ。

熱もこもってないっぽいし。

「じゃ、ついでに試し斬りもしてみよう」

耐熱性にステータスを偏らせたから、切れ味も耐久力も最低値になっている筈。

最寄りの樹木に向かって剣を——

「あっ、いけません！　木は生きています！　傷付けちゃダメ！」

ルウェリアさん、なんていい子……

でも大丈夫。剣は木に食い込むことなくストップした。全く切れ味がない証拠だ。

「んー、確かに攻撃力下がってるっぽいけど、単にトモの剣術と筋力がショボい可能性も……」

「失礼ですねコレット君。この剣が普通の攻撃力なら食い込ませるくらいはできるっつーの」

「だったら、今度は叩《たた》き付けてみれば？　すぐパリーンって壊れるんじゃない？　不良品だから壊しても大丈夫……だよね？」

「……はい。トモさんの特別なスキルを解析する為に必要なことですし、きっとその剣を作った職人さんも許してくれると思います」

ルウェリアさんの俯《うつむ》き加減の顔が罪悪感を誘う。

彼女にしてみれば、不良品とはいえ自分トコで扱う武器を本来とは別の目的で壊しちゃうのは気分の良いことじゃないだろう。

「せーの、とりゃっ」

でも俺個人に暗黒武器への思い入れはないから無造作に地面へ叩き付けた。

案の定、気持ち良いくらい剣身は粉々になり破片が散らばる。

「決まりね。貴方の【ステータス操作】は人間以外にも有効。恐らく防具の能力値も変えられるわ」

祝福するような口振りじゃないのは、詠唱の件で若干拗《す》ねているのか、それとも俺のスキルに思うところがあるのか。

何にせよ、ティシエラの言うように結論は出た。

【ステータス操作】の運用は武器に対しても可能。これで一気に利用価値が広まった。

とはいえ、例えば剣の威力を大幅に増やしても耐久力が落ちて折れ易《やす》くなる為、取扱いは人間に対してよりも難しいかもしれない。

調整能力が問われることになるだろう。

「もう少し色々実験した方が良いんじゃない？　武器のステータス自体が未知数なんだし」

「ですね。操作できるパラメータの種類を模索してみます」

フレンデリア御嬢様に賛同しつつ、皆の協力を得ながら実験は続く。

『重さ』『射程』『命中率』など如何にも武器のステータスとして設定されていそうな要素から、『カッコ良さ』『妖艶さ』など隠しステータスっぽい要素まで、全部で50に迫る数の検証を行った。

確実にステータスとして存在しているのは射程。重さは変わらないけど投擲《とうてき》の距離が異様に伸びた。ただし剣から衝撃波が出るような感じで攻撃範囲が広がることはなかった。

一方で命中率など幾つかの本命は変化なしに終わった。というか、検証した大半は不発に終わった為、割と徒労感が強まってしまった。

「今日はこれくらいにしておこう。暗黒武器への応用に関しては一晩考えてみる」

「私たちのお店の為に色々と試行錯誤して頂きありがとうございました」

俺とルウェリアさんのお辞儀を合図に、本日は解散となった。

「コレット！　これから屋敷に来て！　一緒にイメージ回復の方法を考えましょう！」

「え？　でも私、今汗臭くて……」

「私もです。大分汗ばんでしまいました」

実験の際にがんばり屋のコレットとルウェリアさんは人一倍動き回ってたから、そうなるのは必然だ。流石に貴族の家に汗臭い身体で行くのは気が引けるだろう。

「だったら……一緒に水浴びしていく？」

おい息が荒いぞ御嬢様。この人、ガチ恋どころか性欲隠してねーよ。ヤバいな。

「御嬢様、流石に貴族令嬢がそのようなワイルド路線を直走《ひたはし》ることは看過できません。自重下さい」

「えー……もう貴族令嬢とかどーでもよくない？」

何言ってんの？

「御嬢様？」

「あ、今のはナシ。忘れて」

流石に問題発言だと自覚したのかフレンデリア御嬢様は両手を合わせ、てへぺろで謝意を示した。

セバチャスンも苦労するな……

「ではコレットさん、私たちだけで行きましょう。私もこのままで接客するのはお店の評判を悪くしそうなのでお清めしたいです」

「んー……それじゃ行きましょっか」

「はい！」

おーおー楽しそうに戯れおってからに。

もう普通に友達だよなこの二人。ぼっちネタは二度と使えませんねコレットさん。

「覗《のぞ》きに行ったら問答無用で始末するからね。貴族の隠蔽工作能力を舐《な》めちゃダメよ」

冤罪《えんざい》事件の香り華やぐ！

つーか怖《こえ》ぇよこの世界の貴族。幾ら貴族でも暗殺を公言しちゃダメだろ。

そもそも、ここにはティシエラもシレクス家の皆さんもいるのに変な真似《まね》する訳ないだろ？

こっちはもう大人なんだ。幾ら18歳の肉体でも、性欲と衝動に任せて人生終わらせるような無謀な真似はしないっつーの。

まあ、敢えて？　敢えてそういう状況になるシチュエーションを考えるとするならば、そりゃやっぱりアレですよ。

俗に言うラッキースケベってやつですよ。

コレットかルウェリアさんが大声で悲鳴をあげる。すると俺は『どうした！』と叫びながら制止を振り切ってバーッと走ってくんだ。二人が危険な目に遭ってるかもしれないんだから焦りもするさ。けど実際駆けつけたら泉の中に魚がいて、身体に触れて思わず声が出たとかそういう可愛い理由なんだ。で、俺はというと善意１００％で駆けつけて、そこで裸を見ちゃう訳。あっゴメンなさいって慌てて目を逸《そ》らすけど、一瞬だけ見えた二人の裸が脳裏に焼き付いて離れないんだ。

どうだ、絵に描いたようなラッキースケベだろう。

でも起こらないんだ。何故《なぜ》なら俺の中身は30代だから。

ラッキースケベなんて10代が遭遇するならまだしも、20代でもかなりキツい。

まして30代なんて完全にアウトだ。だって普通に気持ち悪いから。

既に一度遭遇しちゃってるから余計にそう感じざるを得ない。

まあ傍《はた》から見れば今の俺は10代なんだけどさ。

「……何想像してるの？　鼻の下が伸びているわよ」

ティシエラの誤解に満ちたジト目が痛心地良い。

でもこれ以上は信頼に関わるし、ラッキースケベについて考えるのは――

……ラッキーか。そういや人間のステータスには『運』もあるけど、武器にはどうだろう？

「運極振り」

実験用に持って来た最後の一本の剣を握りながら、運に特化させてみる。

勿論《もちろん》、武器の運なんて今すぐは試しようがない。でもこれで威力や耐久力が最低値になっていれば、ステータスが運に偏ったことが確定する。

「……」

無言で地面に軽く叩き付けてみると――見事に折れた。

つまり、武器のステータスに『運』が含まれている。

だったら……

「一ついいことを思い付いた」

「？」

怪訝《けげん》そうなティシエラとフレンデリア御嬢様に、俺は自信たっぷりの笑みを浮かべてみせた。

◆
◆
◆

暗黒武器が敬遠される最大の要因は、言うまでもなくイメージと見た目だ。

特にイメージが宜《よろ》しくない。持っているだけで呪われそうな悪《あ》しき先入観があるから、実際には健全な上に攻撃力が高くコスパが良くても手に取って貰えない。

仮に禍々しい見た目を好んでいても、実害がありそうという理由で消極的になってしまう。

「それを打破する為に開発したのがこれ。魔除《まよ》けの蛇骨剣です」

ベースとなった武器は蛇骨剣・怨。

蛇の骨を模した気色悪い形状の剣だ。

「この剣には三つの特徴を持たせています。『運』と『抵抗力』のパラメータを大幅に上げて、攻撃力は極限まで下げました」

「それじゃ武器の意味がねぇんじゃねぇか……?」

終盤の街で武器屋を営む御主人にとって、攻撃力の低い武器はそれだけで論外なんだろう。

でも実際は違う。

「これは最少ダメージしか与えたくない場合に使う武器なんです。例えば仲間が操られた時や睡魔に襲われる魔法を使われた時、正気に戻す為に攻撃するイメージですね」

「……成程。確かにそういう状況は割と多いって聞くな。邪気払いの武器って訳か」

アペルピシアと戦ってわかったことが一つある。

高レベルのモンスターは搦《から》め手《て》も使ってくる。なら終盤の街のこの付近でも状態異常などを駆使して攻めてくるモンスターは必ずいるだろう。その対策の為の武器だ。

「それに加えて、抵抗力を上げているから魔法やモンスターが吐く炎なんかをガードすることもできます。更に開運グッズとしても効果を発揮できます」

「モンスターさんの悪意ある攻撃と魔法と悪運を払うという三つの効果がある『魔除け』の剣なんですね。これはトリプルミーニングというやつです！」

興奮するルウェリアさんにドヤ顔で頷いてみせる。ただ、俺だけのアイディアって訳でもない。

ヒントはティシエラの詠唱にもあった。

意味がなさそうで、実際には沢山の意味を持たせているという彼女の訴えがこの武器を生んだと言ってもいい。

「ただ強力なだけの武器なら、この街には幾らでも売っています。でもこういう補助的な役割の武器ってほとんどないでしょ？　それに、モンスターと戦う人たち以外にも需要が見込めると思うんですよね。暗黒武器愛好家の人たちとか」

開運グッズであることが周知されれば、敬遠気味なコレクターの皆さんにも買って貰える。

通常とは異なる客層を狙うのも隙間産業の基本だ。

暗黒武器はどうがんばってもメインストリームとはなり得ない。ならいっそ武器としての一般的な役割は捨てて、違う方向に特化した方が売れやすい……と睨んだ訳だ。

「お二人の御意向とは違う商品かもしれませんが……」

「いや。俺たちは暗黒武器が暗黒武器であればそれでいいんだ。お客様が幸せになるってんなら、それに越したこたぁねぇ」

「蛇骨剣の良さはしっかり残ってますし、その上での新商品ならば大歓迎です。きっと蛇さんも草葉の陰で喜んでます」

……本物の蛇の骨を使ってるんじゃないですよね？

「そんじゃ、とりあえず10本。在庫の蛇骨剣をカスタマイズしてくれるか？　売れたらその分のマージンを……」

「お気持ちは嬉しいですけど遠慮しておきますよ。手間もコストも全然かかってないし、お二人には行き倒れになった所を介抱して貰った恩がありますから」

「トモさん……！　なんて良い人……」

いやー、カッコ付けちゃいましたね。

こういうの一度やってみたかったんだよねー。自尊心が満たされますわ。

ま、現実はそうそう甘くはないから即ホイホイ売れるってことはないだろう。それでも御主人たちが正攻法以外の方法で商売をする取っ掛かりになってくれればいい。

――なんて予防線を張った翌日。

「完売しました……」

この日初めて店頭に並べた魔除けの蛇骨剣は、10本全て売り切れてしまった。

「信じられません。こんなの初めてです」

「マジかよ……最高記録更新じゃねぇか」

え。10本で？　開店初日でもそれ以下だったの……？

「お父さん！」

「ルウェリア！」

ひしっと抱き合う親子。その微笑《ほほえ》ましい空気をブチ壊す無粋な指摘は控えよう。

でも驚いたな。仮に売れるとしても実用性や開運効果が口コミで広がってからだと思ってたのに、まさか初日からこんなに売れるとは。

自分の商才が怖い。

俺にこんな才能があったなんて――

「売れまくったようね！」

「あ、フレンちゃん様」

「その呼び名はコレットだけに許可したものよ！　私のことは『コレットの親友』と呼んでちょうだい！」

……それでいいのか貴族令嬢。コレットの添え物みたくなってんぞ。

「もしかして、シレクス家が宣伝してくれたんですか？」

「いいえ。商品の魅力が伝わったから売れたの。ね、セバチャスン」

「はい。僭越《せんえつ》ながら私、購入者の方々全員に購入動機を尋ねて参りました」

まだ市場調査は継続中なのか。貴き家なのに律儀だな。

「奇《く》しくも購入者全員が同じ答えでした。彼ら曰《いわ》く『勧誘対策にちょうど魔除けグッズが欲しかった』とのことです」

……は？

「ここ数年、ヒーラーの悪質な勧誘や回復の押し売りが目立っていますからな。あのような禍々しい見た目の魔除けグッズを持ち歩きたかったのでしょう」

「つまり結果オーライね！」

いや、そんな元気な声で言われても嬉しくないです……

そりゃ確かに、あのメデオとかいうマッチョのヒーラーに勧誘された時は鬱陶しくて仕方なかったけどさあ……

「おうトモ。気持ちはわかるが落ち込むんじゃねぇ。何を求めて買うかはお客様が決めるんだ。そこを履き違えちゃいけねぇよ」

「御主人……」

「お父さんの言う通りです。このお店の太っ腹なお客様の大半はコレクターか、何らかの儀式で動物のはらわたと一緒にお供えする為に定期購入されている皆様なので」

えぇ……絶対悪魔とか崇拝してる人たちじゃん……

だったら暗黒武器を装備したコレットへの風評被害も納得だ。

そんなのが普通に生息してるこの街って、もう別の意味で終盤だよ。

終わりかけてるわ。風紀が。

「そういう訳だから気にすんな！　んじゃ悪《わり》ぃけど20本追加ヨロシクな！」

「……はい」

なんか釈然としないけど、初めての売れ筋商品にウキウキな二人に水を差したくもないから粛々とカスタマイズを行った。

幸い、翌日以降も売れ行きは好調。あっという間に蛇骨剣の在庫はなくなり、職人に大量の追加注文を行って到着を待つ運びとなった。

それまでの間、俺は中断していた就職活動を再開。コレットはフレンデリア御嬢様の考案したイメージ回復作戦を実行に移したが、どっちも経過は芳しくなかった。

そんなある日――

「おはようございまーす……どうしたんですか？」

注文していた蛇骨剣が届いていないか確認する為に訪れたベリアルザ武器商会に、一種異様な空気が流れていた。

第六話 行くぜっ！　怪盗メアロ

　御主人は険しい表情でカードのような物を眺め、ルウェリアさんは青ざめた顔でオロオロしている。明らかに徒事《ただごと》じゃない。

「怪盗メアロから予告状が届いたみたい」

　武器屋内にはコレットもいた。こっちも随分と神妙な面持ちだ。

　怪盗メアロ。

　そういえば前に一度その名前を聞いた気がする。

「その怪盗メアロってのが何者なのか詳しく聞いてもいいか？」

「私も噂《うわさ》くらいしか知らないけど……この街を拠点にしてる怪盗で、特に義賊とかじゃないみたい。今から盗むぞって予告状を必ず出してから盗みに入るんだって」

　そういえばルウェリアさんも言ってたな。

　でも予告状なんて舐《な》めプ、この街で通用するとは思えないけど……

「なんで捕まえねーの？　盗みに入られても誰も困らないマニアックな店ばっか狙ってるから？」

「おいウチにも予告状来てんだぞ！　失礼なこと言ってんじゃねぇ！」

　いやいや御主人。マニアックって言葉にどれだけの気遣いを込めたかわかって欲しいよ。

「何度か五大ギルドが総力をあげて捕まえようとしたみたいだよ。でも全戦全敗。誰一人捕まえられないどころか姿も目撃できてないし、予告は１００％達成されちゃってるって」

おいおいマジかよ。こんな猛者ばっかいる街でそんなことあり得るのか？

凄腕《すごうで》なんてもんじゃない。とんでもない奴《やつ》だな……

「で、その予告状ってのは……」

「ん？　見るか？　ほらよ」

御主人がさっき眺めていたカードを手裏剣の要領で投げてくる。

二本指で挟んで受け取れればカッコ良いんだけど、ここは素直に両手で受け取ろう。

さて、一体どんな内容なのか——


【予告状】

我はこのアインシュレイル城下町を心から愛している。

でもしつこい勧誘と寒い冬とお前たちの武器屋は嫌いだ。

よって春期遠月30日に魔除《まよ》けの蛇骨剣を貰《もら》い受ける。

†怪盗メアロ†

「……最悪ですね」

「だろ⁉　よりにもよってクソヒーラーどもの鬱陶しい勧誘と同列に並べやがって……こんな屈辱あるかよ！　ブッ殺してやる！」

ご主人は盗みのターゲットにされたことよりもそっちにお怒りらしい。

つーか俺が最悪だって言ったのは決行日なんだけどな。

春期遠月30日って明日なんだもん。唐突にも程がある。

「でもなんで魔除けの蛇骨剣なんだろうな。別に一点物でも高価でもないのに」

「そういう貴重品より話題になってる物を盗むのが好きみたい。予告状なんて出すくらいだし、目立ちたがり屋なんじゃないのかな」

つまり魔除けの蛇骨剣にそれだけの話題性があると怪盗メアロが認めた訳か。

別に嬉《うれ》しくはないけど妙な気分だ。

「でも、これなら心配要らないんじゃないですか？　魔除けの蛇骨剣、売り切れて店にないんだし」

「……あるんだな、それが」

え？　なんで？

「一本だけ取っておいたんです……勧誘対策に」

あ、そうなんですね。

若干モヤッとするけど、ルウェリアさんの申し訳なさそうな顔を見たら何も言えない。

「クソが！　なんで怪盗なんぞにウチが狙われなきゃならねぇんだよ！　もっと潤ってる所を狙いやがれってんだ！　こっちは軽い気持ちの万引きが死活問題なんだよ！」

「お、お父さん落ち着いて下さい。目玉が飛び出そうです。飛び出たら元に戻りません」

「キィィィィィィィィィィィィ」

何その奇声!?　怖いよ御主人……

「あの、警察……じゃなくて憲兵とか、街の治安を守っている組織に連絡して対応して貰っては？」

城下町は王城を守護する役割も担っている。当然、警備体制も十分に整っている筈《はず》だ。

「この街に来たばかりのお前さんは知らなくて当然だが、ここでそういう連中に頼るのは難しいんだよ」

「え？」

「その件は私が説明します」

露骨に顔を曇らせたコレットが介入してきた。彼女にとっても余り良い話じゃなさそうだ。

「この街にはね、王城から兵は派遣されないの。だから憲兵はいないいんだよ」

そういや『王家から放置されている』ってティシエラが言ってたな。

だったら……

「街の治安を守るのは、主に五大ギルドのお仕事」

「冒険者ギルドもその中に入ってるのか？」

「うん。ソーサラーギルドもね。残り三つはヒーラーギルド、職人ギルド、商業ギルドだよ」

「ヒーラーギルドって……詐欺師集団じゃなかったのかよ」

「権力があるからこそ、詐欺まがいの行為がまかり通ってるって考えれば納得できない？」

確かに。

そして最悪だ。権力持った問題児ほど鬱陶しい存在はない。

「各ギルドが持ち回りで人員を出して、警邏《けいら》に当たるのが風習だったみたいだけど……今それを実践してるのはごく一部のボランティアだけかな」

「なんでそんなことになってんだよ。治安維持ってメッチャ大事じゃないの？」

「聖噴水があるからモンスターは街中に入れないし、高レベルの冒険者や元冒険者がウロウロしてるから悪いこともできないし」

言われてみれば……住民が強すぎて警察が要らないのか。やっぱ終盤の街って異常だわ。

「だったら、冒険者ギルドに護衛の依頼を出すしかないのか」

「生憎《あいにく》そんな金はねぇよ。新商品が売れた分は追加発注と生活費と滞ってた各種支払いで全部消えちまったからな」

……ああそう。特に意外性もないからノーコメントです。

「ヘッ。所詮信じられるのは我が身ひとつだ。自分たちの店は自分たちで守れってこったな」

「大丈夫です！　私も戦います！　どんと来い怪盗メアロ！」

ルウェリアさんは意気込んでいるけど、多分戦力には数えられていない。

見るからに非力っぽい身体《からだつ》付きだしな……

仕方ない。というより、もう腹は決まってる。

「店の警備だったら俺も手伝いますよ」

これでも異世界転生者の端くれ。

元警備員という生前の経歴を活《い》かす時がついに来たんだ。

「いいのか？」

「はい。今なら漏れなくコレットもついてきます」

「何その扱い！　私オマケなの!?」

うるさい。さっきからチラチラこっち見てるから代わりに言ってやったんだ文句言うな。

「で、でもレベル78の冒険者様にお支払いできるお金は……」

「報酬なんて要りません。お二人には広告塔の役目を果たせなくて迷惑かけちゃいましたから」

口調こそ穏やかだけど、その目にはやる気が漲《みなぎ》っている。

先のワンパン聖騎士の乱は本来、コレットが負い目を感じる必要なんてないんだ。巻き込まれ案件なんだし、むしろ被害者と言ってもいい。

でもコレットは自分の人気が落ちたことより、店の役に立てなかったことを気にかけていた。今日も朝一でここにいるのがその証拠だ。

アペルピシアを一撃で倒したんだ。天狗《てんぐ》になってもいいくらいなんだけど……生真面目というかお人好《ひとよ》しというか。

「なんだこいつら……あったけえよぉ……」

泣くな御主人。暑苦しい。

「さて。時間もないことだし、早速対策を練りますか」

斯《か》くして、俺とコレットは目撃者すら皆無という稀代《きたい》の盗賊、怪盗メアロを迎え撃つことになった。

◆　◆　◆

警備といっても、センサーや防犯カメラがある前世の世界とは違って、この世界では見張りを立てる以外の選択肢はない。

いや実際には似た効果の魔法やアイテムがあるのかもしれないけど、少なくとも御主人やコレットは知らなかった。

できればティシエラに知恵を借りたかったところだけど、一日しかなかったこともあって本人が捕まらず、こうして着の身着のまま当日を迎えてしまった。

相手は終盤の街を我が物顔で荒らす怪盗。悪足掻《わるあが》きで奴の手口を知る人がいないか聞いて回ったものの、有益な回答は何一つ得られなかった。

「盗賊の一般的な手口は【略奪】の使用だな。効果範囲内の物を手に吸い付けるスキルだ」

ただし御主人曰《いわ》く、【略奪】の効果範囲はせいぜい腕一本分程度とのこと。目の前の相手から盗むのには有効だけど、特定の場所に保管してある物を奪うのには不向き。

野盗向きのスキルであって怪盗向きじゃない。

瞬間移動できるスキルも存在するらしいけど、使用者は世界でも数人程度。しかも連続使用ができない等の制限があり、往復の使用が必須の盗人には明らかに不向きらしい。

そんな訳で、正直手口の予想が付かない。だから俺たちには『保管場所を二人一組で警備する』という一般的な施設警備を行う以外の選択肢はない。時間の指定もないしな。

どうせ客も来ないから今日は店を閉める、若しくは魔除けの蛇骨剣を店の外に持ち出すという選択肢もあったけど、そんな対策は当然過去に幾度となく行われてきた筈。それなのに予告が100%実行されてきたってことは、それらの対策は意味を成していないと断定していい。

なら侵入経路が限られていて見張りやすい保管場所で警備しながら待つのが一番マシという結論に至った訳だ。

保管場所は武器屋の倉庫に決定。通路側や壁側から【略奪】を使われないよう例のブツは倉庫内の中央に置いてある。俺は扉に背を向け、剣を挟んでコレットが壁側にちょこんと座っている。つまり終始見つめ合っている状態だ。

「これね、今日の為《ため》に新調したレイピアなんだー。怪盗メアロがどれだけ素早くても、これなら攻撃が当たるんじゃないかな」

「……おお」

「な、なんかちょっと蒸すね。あっつー……あはは」

「……ああ」

気まずい。もうコレットとはお互い言いたいことを言い合える仲だけど、にしたって見つめ合うこの状況はなあ……

「そういえばトモ、記憶戻った？」

「記憶？」

……ああ、そういや記憶が一部なくなってるって設定だったな。うっかりしてた。

「いや全然。そんな気配もない」

「自分が何処《どこ》から来たとか、今まで何してたとかがわからないのって不安じゃない？」

「別に。俺よりコレットの方こそ色々あって生き辛《づら》そうだけど」

「……そだね。でも仕方ないよ。みんな私をレベル78としか見てくれないもん。昔からずっと」

コレットは決して無個性な人間じゃない。見た目も中身もだ。

それでも、その全てを打ち消してしまうレベル78という数字はコレットにとって呪いのようなものかもしれない。

「トモくらいなんだよ？　そのままの私を見てくれるの」

だから出会って間もない俺にやたら固執している。

それは俺もわかっている。おかげで勘違いしなくて済む。

でもコレット、それは余りにも諦めが良すぎるんじゃないか？

中身オッサンの俺とは違ってコレットはまだ若いんだ。十分やり直せる筈――

「……」

「……」

ふと、違和感に気付く。

俺たちは普通に見つめ合っていた訳じゃない。監視の目は警備対象である蛇骨剣に向けられていた筈だ。

なのに……ない。

魔除けの蛇骨剣が――ない！

「な……何ィィィィィィィィィィ!?」

あり得ない。俺とコレットが二人がかりでずっと監視してたんだ。

しかも今の今まで一度も目を離さずに見つめ続けていたんだぞ!?

「トモ！　スピード重視にして！」

「わ、わかった！　敏捷性《びんしょうせい》極振り！」

慌てて【ステータス操作】を使い、コレットを追跡特化モードにカスタマイズ。

倉庫の扉を開け、これまでとは比較にならないスピードで駆け……

「あっあっあっあっあっれ――――え!?」

慣れない速さを制御できず、不安定な体勢のまま武器屋の周囲をグルリと一周して戻って来た。

「はぁ……はぁ……誰も……いなかった……」

このパラメータ配分だと体力も最小限しかない。でもその分、調査は一瞬で済んだ。

なのに人影すらないのか……一体どんな手口で剣を持ち出したんだ？

考えられるのは、【略奪】の射程範囲が存外に広いパターン。

でも、それにしたって限度があるだろう。

例えば『数十メートル離れた場所から一瞬で物を奪える』なんてスキルが存在するとは思えない。

それはテレポート以上にチートだ。

怪盗メアロは今までもこの城下町で数多くの盗みを働いてきた。そしてここは世界中から猛者が集う終盤の街。普通の盗賊が使う手口なら、とっくに対策されている。

これまでも今回も、警備の穴を突かれたんだ。

何処だ？　何処に穴があった？

……穴？

「コレット。この街の下水道って何処から入れる？」

「え？　確かあっちに地下に潜れる階段が……ちょっ、トモ!?」

マンホールなんて気の利いた文明の利器は流石《さすが》にないか。

でも階段だったら見ればすぐ……あったあった。地下鉄の入り口みたいだ。

躊躇《ちゅうちょ》せずに降りると、すぐに悪臭が漂ってくる。

それでもトイレの排水が流されていないのは不幸中の幸いだ。これくらいなら耐えられる。

完全に階段を降りた所で地下を流れる水路がぼんやり見えた。照明用のランプが等間隔で設置されているらしい。薄暗くはあるけど、これなら視界は十分確保できる。

「トモ！」

コレットも追いついてきたか。ようやく敏捷性極振りに身体が慣れてきた――

「わわわわわわわわわわわわわわわ!!」

……訳じゃないのかよ！

そのスピードでこっちに突っ込んで来られたら俺まで落ちるだろうが！

こうなったら――ぶっ倒す！

「えええええええええええええ!?」

階段から転がり落ちて来るコレットに対し、こちらから前に出て体当たりを仕掛ける！

勢いは向こうが上だけど体重は俺の方が上。

なんとか勢いを相殺できれば……

「うがっ!!」

正面衝突の結果、完全には相殺できず俺もコレットも下水側へと吹き飛び……落ちた。

コレットの剣が。

「あ———っ!?」

俺もコレットもギリギリの所で下水に飛び込まずに済んだけど、あのレイピアはもうダメだな。

普通の水路だったらまだしも下水じゃ底は見えないし、拾いに飛び込むなんて絶対無理。

「うう……新調したばっかりだったのに……でもトモがこっちに突っ込んで来なかったら今頃私たちはあの中かぁー……ありがとよー……」

感謝と腑《ふ》に落ちない思いが交じり合っている表情が痛々しい。

「それでトモ、なんで地下水路なんかに入ったの?」

「それは向こうに行きながら話す」

俺が指差したのは、武器屋のある方角へ続く路《みち》だった。

「もし怪盗メアロが少し射程の長い【略奪】を使えるとしても、人目につく場所では使っていなかった筈なんだよ。実際誰もいなかったんだし」

「この地下水路から略奪スキルを使って盗んでたってこと?」

「多分な。でもここから地上だと距離があり過ぎて……」

「無理に決まってんだろバーカ」

「！」

地下水路に響き渡る、幼い少女らしき甲高い声。

それが上方、つまり地下水路の天井から聞こえてくる。

薄暗い中、目を凝らして声の方を眺めてみると、そこには――声のイメージ通りの女の子がぶら下がっていた。

小柄で細身の身体。上半身は首元や肩どころか胸の近くまで露出した薄い服を着て、下半身に至っては太股《ふともも》すら完全に隠れきっていないほど短いスカートを穿《は》いている。

色まではわからないし、この世界にそんな概念があるかどうかは疑問だけど……

確実に見せパンだなアレ。

容姿は、如何《いか》にも悪ガキって感じの目付きと八重歯が特徴。

背中まで伸ばした髪を二つ結びにした大きめのツインテールに（多分）真っ赤なマント。

そして謎のネコ耳風カチューシャ。

「やー、バカな奴らを見下すのホントたーのしー！　ねえどんな気分？　上から見下されるのどんな気分？」

トドメに、この無駄に煽《あお》るような口調。

もはや疑いの余地はない。

「なんでメスガキがぶら下がってんだ」

「め、メスガキ!?　今メスガキって言った!?　我の何処がメスガキだ！」

あ、思った以上に言葉の暴力が効いたっぽい。精神年齢も低そうだ。

「何処がって言われてもな。コレットはどう思う？　あれメスガキだろ？」

「うーん……あれは……メスガキかな……」

コレットの票を頂いたので多数決にて可決されました。

「違ーう！　我はメスガキじゃな──い！　泣く子も阿《おもね》る怪盗メアロ様だ───っ！」

メスガキ呼ばわりされてブチ切れる怪盗メアロは、それでもまごうことなきメスガキだった。

そして天井にぶら下がっている姿は、犯行の手口を如実に物語っている。

「ああやって、地上との距離を狭めた状態で【略奪】を使ってるんだろうな。あれなら射程を少し伸ばすだけでいい。そういう補助スキルやアイテムがあるんだろ」

「そっか。地下からお目当ての物に一番近い距離まで近付いて【略奪】を使ってたんだね。だから誰も目撃できなかったんだ」

ただ、天井にどうやってぶら下がっているのかは不明。

そういうことができるスキルも併用しているんだろうか？

「ケッ。我がお仕事中に他の奴から顔を見られたのは初めてだ。それは褒めてやる！　でもそんな所から我に攻撃する手段はないだろ？　そこで我が逃げるのをボーッと見てろバーカバーカ！」

薄暗いから細かい表情まではわからない……筈なのに、何故《なぜ》か小馬鹿にしたような怪盗メアロのドヤ顔がハッキリと見える気がする。これが視覚補正って奴か。

にしても、俺たちが遠距離攻撃できないって何故わかる？　確かにソーサラーやアーチャーって格好じゃないけど、コレットは今丸腰だし、そう決めつける理由はなさそうなものだけどな。

「でもお前、そこからどうやって逃げるつもりだ？」

「見てわかんない？　バカなの？」

……なんだろう。いちいち煽ってくるから普通ならムカつく筈なんだけど、メスガキだからなのか大してムカッとしねーな。なんかお勤めご苦労様って気分だ。

「我の【スティックタッチ】はな、どんなところにでもペッタリくっつけるんだ。両手で天井を伝っていけば、お前らには何もできないだろ！」

やっぱりスキルでぶら下がってたか。

そのまま雲梯《うんてい》の要領で天井を渡っていくつもりか？

でも……

「それって両手が使えないと無理だろ。右手に蛇骨剣を持ったままスティックタッチとやらは使えるんか？」

「あ――――っ！　しまった――――っ！」

生粋のアホだ。こんなアホに手も足も出ずやりたい放題やられていたこの街の住民、言うほど優秀じゃなくね？

「……なーんてね！　【スティックタッチ】は足でも使えるもんねー！　やーい引っかかったバーカバーカ！」

何コイツ、スパイダーマンか何かなの？

「足をぺたっと天井にくっつければ、歩くのと同じ要領で逃げられるもんね。悔しい？　ねえ悔しい？　優位に立った気分になってたのに一瞬で逆転されて悔しい？」

「……」

「悔しすぎて声も出せないいんだなー。あーかわいそ！　我は優しいから、これ以上傷口をウリウリするのはやめてやるよ。それじゃ……永遠にさようなら」

最後だけ妙にイケボだった。

そして——

「……」

発言後、彼女はずっと動かずにいる。

三十秒、一分、二分……ずっと動かない。

いや、動いてはいるんだろう。左手一本で天井にぶら下がったままの体勢から、両足を天井にくっつける為に恐らく腹筋を使って身体を反転させようとしているに違いない。逆上がりの要領で。

でも両手で鉄棒を摑《つか》んで回るのとは訳が違う。っていうか、普通に無理だろそんなの。

「…………んぬぅ……~んぐぐぐぐぐ！」

ずっと声を出さずに試みていたけど、とうとう俺たちにバレるのを覚悟で歯を食いしばり、気合いで下半身を持ち上げようとし始めた。でも全然動いてない。

「はぁ……はぁ……ふんぬうぁあぁぁああ！　ふんぬわああああああ！　ふんぬぁ！　ふんっ……ふっ……はぁ……はぁ……はぁぁ……はぁぁぁぁ……」

なんかみるみる弱っていくな。

俺とコレットは一言も発せず、彼女の奮闘を見届けていた。

まるで夕方の公園で逆上がりを練習している小学生を見守る保護者のように。

「ひぃひぃ……う……うおおおおおお!!　へいあっ！　へいあ――っ！　あー!!　ダメだ!!　これもうダメだ!!」

諦めた。

「おーい、いい加減観念して剣をこっちに投げろー。そうすれば逃げられるぞー」

錯乱状態に陥っているメスガキに甘い誘惑の言葉を投げかける。

完全にバテてる今なら誘導に引っかかるかもしれない。元々アホっぽいし。

「ちょっと待ってトモ。逃がすの？　せっかく怪盗メアロを追い詰めたのに」

「自棄《やけ》になって下水に投げ捨てられるよりはいいだろ？っていうか、それやられると困るんだよ。

俺たち以外に目撃者がいないんだから、俺たちがいくら『剣は盗ませなかったけど下水に捨てられた』って主張したところで誰も信じないだろうし」

メスガキに聞こえないボリュームでコソコソ話。

こっちとしては蛇骨剣さえ取り返せればミッションコンプリートだし、それを優先すべきだ。

「くっそー……我がここまで追い詰められるなんて……こんな屈辱初めて……ひぃー……」

なんかもう放っておいてもバテて落ちてきそうだな。

天井の高さは目算で5メートル以上。落ちたらタダじゃ済まない。

——俺はそうタカを括《くく》っていた。

「あーあ……仕方ないか」

でもそれは間違いだった。

怪盗メアロは次の瞬間、左手を放し落下してきた。

足場は石造りの床。

なのに彼女は、何事もなくすんなりと着地してみせた。

「な……」

レベル78のコレットすらも絶句する異常な軽業。

落下する速度は決して緩やかじゃなかったし、一体どうやって衝撃を完全に相殺したんだ？

また何らかのスキルを使ったのか……？

「これで……ぜー……我が逃げるのに何ら障害はなくなった……はー……ザマアみろ……ふー」

「いや、まだバテバテじゃん。そのザマで走って逃げるつもりか？」

そう言いつつジリジリと距離を詰める。

今のコレットのスピードなら逃げられても十分追いつけるだろう。

「バーカ」

それもまた、驕《おご》りだった。

他でもない──俺たちの。

「……!?」

瞬《まばた》きをした刹那、怪盗メアロは姿を消した。

今の今まで俺たちのすぐ目の前にいたのに。

「怪盗はそんなダサい逃げ方はしないし参ったなんて絶対しないもんねー！　勉強になったー？」

その声は遥《はる》か遠くから聞こえた。

この一瞬で、彼女は地下水路内のずっと先の路にワープしていた。

「【縮地】……あんなスキルを使えるなんて」

コレットの声が上擦る。相当レアなスキルらしい。

「はっはっは。参ったか！　でも素顔を見られてこんなに手の内を晒《さら》してる時点でなぁ……お前ら、この借りはいつか返すかんな！」

追いかけようにも、踏み出そうとした瞬間にはもうメスガキの姿は完全に暗闇に溶け込んでしまった。

これではもう……

「待てーっ！」

「あっコレット！　無茶すんな！」

慌ててコレットが猛スピードで追うも、壁や天井を移動できる奴を追跡するなんて不可能。

しばらくするとＦＸで有り金全部溶かした人の顔で戻ってきた。

「逃げられちゃった……」

「仕方ない。完敗だ」

参ったな。自分の物が盗まれた訳でもないのにスゲー凹《へこ》んでるよ俺。

自分の思い通りにならなかったのが嫌なんじゃない。

大見得切ってこのザマって恥ずかしさでもない。

守ると決めたものを守れなかったのが悔しくて仕方ない。

「はは……」

あったんだな俺にも。警備員としてのプライドが。

ただ現場に行って何事もなく勤めを果たして帰るだけのあの虚《むな》しい日々に、誇らしさを感じていたなんてな。これが笑わずにいられるかよ。

「どしたの？　なんか嬉しそうだけど」

「嬉しい訳ないだろ？　あのクソ忌々しいメスガキに次会ったらどんな目に遭わせてやろうか考えてたんだよ」

「……そ。じゃ、そういうことにしとこ。戻ろっか」

コレットは苦笑しながら、俺の顔を見ずに肩をペシッと叩《たた》き踵《きびす》を返す。

気を遣ってくれたんだろう。

「なあ、コレット」

「何？」

「簀《す》巻《ま》きにして下水に放り投げるのと、ベリアルザ武器商会の売り場に三日三晩閉じ込めてやるのと、どっちがトラウマになると思う？」

「あ、ホントに考えてたんだ……」

こうして、俺の異世界で初めての警備は失敗に終わった。

◆　◆　◆

その日の夜は悔しくてなかなか寝付けなかった。

でも気付いたらいつの間にか朝になっていた。

恐らく明け方の前くらいに浅い眠りに就いたんだろう。

夢を見たような感覚が微《かす》かに残っている。

夢の内容は覚えていない。

ただ、あの怪盗メアロと同じ顔の奴が目の前にいた気がする。

余りにも悔しくて昨日の地下水路での一幕が夢にまで出て来たのか、それとも再び奴と対峙《たいじ》する瞬間を夢想してしまったのか。

ただ……不思議と夢の中の俺は、奴に対して敵対心を抱いていなかったような気がする。

だからなのか、目覚めはそこまで悪くはなかった。


けれどこの日、俺を待っていたのは——

「これより臨時の五大ギルド会議を開催します」

何故かアインシュレイル城下町を代表する面々に囲まれ、大量の冷や汗をダラダラ流しながら問い質《ただ》されるという悪夢のような光景だった。

第七話　よく考えよう。会議は大事だよ

五大ギルド会議。

このアインシュレイル城下町を事実上統治している冒険者ギルド、ソーサラーギルド、商業ギルド、職人ギルド、そしてヒーラーギルドのギルマスが一堂に会して話し合いを行う、言わばサミットのようなものだ。

出席者は基本ギルマスの五人に限られ、司会も不在。会場は毎回変えていて、各ギルドの応接室の時もあれば全く関係ない場所で行うこともある。

今回はソーサラーギルドでの開催となった。招集者がソーサラーギルドの代表者だったからだ。

「彼はトモ。本当はコレットが参加する予定だったけれど体調を崩したみたいで、代理で彼に来て貰《もら》ったわ」

同時に、このティシエラこそが俺を五大ギルド会議に出席させた張本人でもある。

目的は勿論《もちろん》――先日の警備失敗の件だ。

といっても、捕り逃がした件を責められるような雰囲気じゃない。確か姿を見た奴《やつ》もいないって話だったから、怪盗メアロに関する情報を聞き出す腹積もりなんだろう。

怪盗メアロが盗みを働く頻度はそれほど高くないらしい。

だから単純な損害に関しては大したことなく、奴の存在が街に大きな不利益をもたらす訳じゃない。

ただ、大勢の猛者が揃《そろ》いも揃って手玉に取られている現状は、この街を牛耳っている五大ギルドのメンツを見事に潰しているようで、奴の情報はどのギルドも喉から手が出るほど欲しい。

場合によっては強引な方法で俺たちに接触してくる恐れもある。

だからこそ、五大ギルド会議で公平に情報を共有するのが望ましい。

そんな話を聞いたのが今から2時間ほど前だ。

ベリアルザ武器商会で昨日の件を聞きつけ、慌てて俺とコレットの泊まる宿にやって来たそうな。

ティシエラとしては、証言に説得力のある肩書きを持つコレットをこの場に招き、昨日の一部始終を話して貰いたかったんだろう。

でも、人見知りの激しいコレットはこれを拒否。

押し問答の末、俺が引っ張り出される事態になってしまった。

「そのあんちゃんが怪盗メアロの素顔を見たってのかい?」

いきなりガン飛ばしてきた金髪オールバックの彼は……商業ギルドのギルドマスターだったっけ。

風貌は反社会勢力そのものだから正直目も合わせたくない。

「ええ。コレットと一緒に追い詰めたそうよ」

「あのレベル78の嬢ちゃんか。だったら信憑性《しんぴょうせい》もあるってなもんだ。なあ? ダンディンドンの旦那」

「フッ……あの子が嘘《うそ》をつく筈《はず》がない。間違いないだろうよ」

この厳《いか》つい剛毛の親父《おやじ》は、冒険者ギルドのギルマスだったな。

ダンディンドンって言うのか。

「君の話はマルガリータ様から聞いている。人付き合いの苦手なコレットが随分と懐いていると驚いていたよ。まあ、今後も仲良くしてやってくれ」

「は、はぁ……」

様ですかマジですか。どうなってんだよ冒険者ギルド。ギルマスが受付のお姉さんにどんな扱いされたら様付ける関係になるんだよ。

「オレはバングッフ。商業ギルドの頭だ。この街で愉快に暮らしたいなら、このオレを怒らせねーこったな」

「トモです。最近この街に来たばかりの新参ですがシレクス家と親しくさせて貰っています。宜《よろ》しくお願いします」

「……いい度胸してんな。この野郎」

お互い微笑《ほほえ》みながらの握手。大人の会話ができる相手でよかった。

「そっちの二人も初対面なんだろ？　挨拶くらいしたらどうだ？　ロハネル」

「必要ないね」

そうバッサリと切り捨ててきたのは……職人ギルドのギルマスか。

如何《いか》にも職人気質《かたぎ》、って感じの神経質そうな表情が印象的だ。

「僕のことを知らない奴なんて、この街にいるとは思えないからね。だから自己紹介なんてこれーっぽっちも必要ない。鎖鎌くらい要らないよ。あの武器需要ないんだよね。作っても全然売れないし、その割に手間だけかかるし。そろそろ生産中止にすべきじゃあないか？ 君たちはどう思う？ そうだ、今日はこれを議題にしようじゃあないか」

なんか随分マイペースな言動だけど、この人見た目は凄《すご》く薄味なんだよな。

眉、眉間、目、鼻、口、頬、顔のライン、頭髪、額、耳……何処《どこ》を取っても個性が見当たらない。普通だ。どの角度から見ても普通の人だ。職人って見た目は濃くて無口な人ってイメージなんだけど、完全に逆張り野郎だ。

「カーッカカカカカカカカカ！」

そしてもう一人、今日この場に来ると決まった時に一番懸念していた人物。

ヒーラーギルド【ラヴィヴィオ】のギルマスだ。

他のギルドは基本一枚岩なのに対し、ヒーラーギルドは回復魔法や蘇生《そせい》魔法に対しての解釈違いが多発しているらしく、幾つかのギルドに枝分かれしている。

ラヴィヴィオはその中の最大手だ。

そこの大将とあって外見から既に個性が過ぎる。

眉は直角三角形、目は猛禽類《もうきんるい》を思わせる四白眼、鼻は極端な鷲鼻《わしばな》、そして口は裂けてんじゃないかってくらいデカい。あと耳もエルフみたいに尖《とが》ってる。髪は鮮やかな金髪で、くせ毛っぽいウルフカット。イケメンじゃないけど野性味溢《あふ》れる整った顔だ。

身体《からだ》は筋肉質だけどメデオほど盛り上がってはいない。服装だけはヒーラーらしい司祭服なんだけど、色が紫。全身紫。金髪に紫は目に優しくないなあ……

「珍しく気が合うじゃねェかロハネル。自己紹介なんざ要らねェよな。どうせ来年には尻尾巻いてこの街から逃げちまってるだろ？　いちいち覚えてたらキリがねェ。カーッカカカカカ！」

バカにされている筈なのに、笑い声が悪魔っぽ過ぎて全然発言内容が頭に入ってこない。

腕が六本くらい生えてそうな笑い方しやがって。

「ったく仕方ねーな。そいつはハウクだ。ロハネルも奴も捻《ひね》くれ者《もの》だから、いちいち発言を真に受ける必要はねーぞ。適当に流しとけ」

「はあ」

今にも胸ぐら摑《つか》んで来そうな見た目の割に優しいなバングッフさん。

ギャップ萌《も》えを狙ってるんだろうか。

「彼は仕事を探している合間を縫って、私たちの為《ため》に時間を割いてくれているのよ。もう少し敬意を払ってちょうだい」

……なんてことを言ってるティシエラだけど、有無を言わせず強引に俺をこの場に向かわせた張本人ですよね？

やっぱり終盤の街ってアレだな。普通の奴じゃ辿《たど》り着けない街なんだろうな。

しかもそこでギルドのトップになるような連中がマトモな訳がない。

そう痛感させられるだけの時間だ。今、ここは。

それにしても参ったな。こんなバラバラの個性が集まったんじゃ、会議なんてしても話まとまんないだろ。これ今日中に帰れんの？

「顔合せはこれくらいにして、早く会議を始めましょう。会議なんてダラダラ時間をかけてやるものではないわ」

「オレも賛成」「フッ……賛成だ」「僕も賛成だね」「カカ！　賛成してやらァ！」

……なんという団結力。会議どんだけ嫌がられてんの。普通に定時で終わればいいじゃねーか。

「ンじゃ早速、彼の話を聞かせて貰うとしようぜ。怪盗メアロの正体は一体何者なのか。興味あるだろ？」

バングッフさんの言葉に各々口元を緩めたり頷《うなず》いたりして賛同を示す。

それを確認し、ティシエラが俺に目配せしてきた。

俺もこんな大物たちの前で話すの得意じゃないんだけどな……

「では御要望にお応えして手短に。怪盗メアロは下水道の壁や天井に張り付いてカサカサ動き回る嫌な奴でした」

端的に説明した結果、全員の顔が露骨に曇った。

「……なあ。そいつ人間か？　不衛生な害虫とかじゃねーの？」

「人間のメスガキでしたけど」

「人間のメスガキが下水道でカサカサ動き回ってんの!?　怖《こえ》ーよ！」

そう言われましても事実ですし。人間離れし過ぎなんだよあのガキ。

「もしかしたら我々は、無意識の内に怪盗メアロを視界から遠ざけていたのかもしれないね。余りに醜くて脳が拒絶してしまったんだろう」

ロハネルのその言葉が総意となり、怪盗メアロの情報共有はサクッと終わった。

異世界でも時短が好まれる時代なんだな。

「彼には後で怪盗メアロの似顔絵を描いて貰うわ。それじゃ次の課題に移りましょう。怪盗メアロとも関連することだけれど、街の治安維持について」

「問題ないだろ？　モンスターは聖噴水のおかげで入って来ないし、人間の悪者がいても住民の誰かがブッ飛ばしゃいいだけだ」

バングッフさんの言うように、住民の多くが高い戦闘能力を有しているこの街では悪が栄えようもない。でもそんなことはティシエラだって承知している筈だ。

「悪者の種類にもよるのよ。例えば悪意のない強引な勧誘や回復の押し売りとか……ね」

この場の全員の視線がハウクに集中する。

成程、ヒーラーの度が過ぎた行動に釘《くぎ》を刺したい訳か。

今更だけど、回復の押し売りって酷《ひど》い話だよな。絶対関わりたくない。

「オイオイ心外だなァ。だったら馬車に轢《ひ》かれてケガしてる奴を見ても回復魔法は使うなってか？　別にいいぜ。交通事故やケンカでの死亡者数が増えるだろうが構いやしねェよな？」

「……」

尊大なハウクの態度に対し、ティシエラは苛立《いらだ》った顔のまま沈黙している。

回復魔法や蘇生魔法はヒーラーにしか使えない。これ以上強くは出られないんだろうな。

そんなティシエラに対しフォローする動きもない。

この五大ギルド会議、どうやら各ギルドのトップがバチバチにやり合ってお互いを牽制《けんせい》する目的もありそうだ。確か各ギルドが主導権を争ってるっつってたもんな。誰が言ってたっけ……

「失礼します。お茶が入りました」

「おう。いいぜ、入って来な」

バングッフさんの声に従い、扉が開かれる。同時にギルド員と思《おぼ》しき赤髪の女性と、その後ろからもう一人がトレイを抱えて入ってきた。

ああ……思い出した。フレンデリア御嬢様《おじようさま》が言ってたんだ。

今まさに部屋に入って来たこの人が。

「いや何してんですか貴族令嬢が！」

「勿論、様子を見に来たのよ！　コレットが五大ギルド会議に出席するなんて聞いて私が黙っていられると思って？　さあコレット安心して私が来たからには……何処よ！　コレット何処よ！」

「フレンデリア様。コレットは体調を崩してしまいまして、代わりに彼が」

「代理でございまーす」

「ノォ―――ッ！　あーもうはいお茶！　お茶！　お茶ったらお茶！」

お目当てのコレットが不在だった憂さ晴らしをお茶出しでやる貴族令嬢……変なの。

「ま、いっか。せっかくだから見学させて貰おうかしら。さ、私に構わず続けて」

「噂《うわさ》通りのブッ飛んだ御嬢様だね。それじゃ御言葉に甘えるとしようじゃあないか」

……この空気で居座るフレンデリア御嬢様も、それに動じずケロッと会議を再開するギルマスの面々も異常だよ。この空間でマトモな人間って俺だけじゃねーの？

「治安維持の話はもういいな。それよりも未来の話をしようぜェ。なァ、ダンディンドン」

「何の話だね？　ハウク」

お、今度はヒーラーギルドと冒険者ギルドがやり合う感じ？　すげー睨《にら》み合ってるぞ。

「当然、魔王討伐についてさァ。さっき話に出たレベル78のコレットだったか、そいつが混沌王《こんとんおう》アペルピシアを倒した影響で、ずーっと薄れてた魔王討伐の気運が高まってんだってェ？」

「……否定はしない。十三穢《じゅうさんえ》に浄化の目途が立たず、他に魔王を倒す方法が存在しない以上、モチベーションの維持が困難だったが……コレットのような規格外の冒険者が現役でいるこの時代に停滞すべきでないという声があがっているのは事実だ」

そんなことになってたのか。あのたった一日の討伐戦が冒険者ギルドの猛者たちを変えるとは。

十三穢って単語は初耳だな。文脈から察するに、魔王を倒す手段と関係があるんだろうけど。

でも、それらも含めて全て他人事《ひとごと》としか思えない。魔王討伐って言葉にちっとも心が躍らない。

まるで死語を聞いたような気持ちになる。

あらためて思う。俺の異世界生活は魔王なんかとは無関係の所にあるんだって。

まあ混沌王とは遭遇したけども。

「だが知っての通り、魔王城周辺には毒霧と思しきものが立ちこめていて容易には踏み込めん。先日は多くの住民がその霧で犠牲になったらしい。まあ全員生きてはいるようだが」

「どういうことなの？」

「元冒険者や元ソーサラーの連中が酒場で意気投合して、酔った勢いで魔王城にカチコミに行ったんだよ。みんな死んじゃったけど急にメデオが出没して全員生き返らせて、それからしばらく寄せては返す波のように死んでは生き返って前進を続けたって話」

「……どういうことなの？」

気を利かせて補足したけど、結果ティシエラの眉間に皺《しわ》を作るだけに終わった。

「何にせよ、毒霧の発生源や性質に対しては冷静な見極めが必要だ。しかし現状、調査方法を巡り冒険者や我々スタッフの間でも意見が対立している。血気に逸《はや》る者も多くてな」

コレットのおかげで魔王討伐へのモチベーションは上がった。その分、無謀な行動に出ないようギルドのスタッフは冒険者たちへ呼び掛けているんだろう。

多分、あの夜のゾンビ夜行が原因なんだろうな……無謀の極みだったもんな。

「ハッ。せっかく魔王討伐用の回復プランを用意してきたってのによォ」

どうやらガッツリぼったくる気だったらしい。

ヒーラーギルドのトップは完全に金の亡者だなこりゃ。

「難しく考えすぎなのよ」

会議の重い空気を無視するかのようにそう告げたのは――フレンデリア御嬢様だった。

「要は調査に危険が伴うから意見が分かれてるんでしょ？　どうせ『多少のリスクは覚悟しなきゃ栄光は摑めないぜ！』みたいな如何にも頭カラッポなこと言うアホがいるんでしょうよ」

「ンフフ。仰《おつしや》る通りです」

えぇ……なんで悦に入ってんのダンディンドンさん。今冒険者ギルド馬鹿にされたよ？

「だったら話は早いじゃない。人間に危険の伴わない調査方法を選べばいいのよ」

正論だ。でも意外とこの世界では出てこない発想かもしれない。

ドローンを飛ばして危険な現場の解析を行う、みたいなことは当然できないからな。

「人間以外が調査する方法、って訳ですか。ならロハネル、例のヤツ使えるんじゃないか？」

「ああ……アレか。まだ試作の段階だけど仕方ない。そうも言っていられないようだしね」

嘆息しつつ、ロハネルはフレンデリア御嬢様と真剣な顔で向き合った。何か秘策があるらしい。

「【探ってクン6号】って言いましてね。武器に装着して周辺の現在地や環境を自動解析するアイテムなんですけど、今ちょうど鑑定ギルドと協力して開発中なんですよ」

その名前はどうなんだ……？

大分試作を重ねてそうな割に誰も指摘しなかったのか。

「いいじゃない、いいじゃない！　解析結果はどうやって確認するの？」

「マギソートをベースに開発されたアイテムなんで、マギソートと同じで直接アイテムに結果が表示されますね。ちなみに、解析は武器のナノマギを観測して行うんで、武器への装着は必須です」

「ナノマギ？」

聞き慣れない単語が出て来たから思わず聞いてしまった。

マギは確か魂的なものって話だったけど……

「人に宿ってるマギよりは少ないけどよ、武器にもマギが宿ってんだ。鍛冶師が武器を打つ時に入り込むんだってよ。魂込めるってやつか？　その武器に宿った微量のマギをナノマギっつーんだ」

「人間のマギだと精神状態によっても変動するから、正しく測定できないんだよね」

成程。解析を行う上で武器への装着が最適って訳か。

それに用途は主にダンジョン内の現状把握とかだろうから、購買層は冒険者が多いと想定される。

武器に装着して使われる前提で開発したんだろう。

「ねえティシエラ。確か、なくした武器を手元に戻す魔法ってなかった？」

「【リアームズ】ですね。仲間が奪われたり落としたりした武器を持ち主の元に戻す魔法です」

「そうそう。それ」

フレンデリア御嬢様が思案顔で虚空を眺め、徐々に薄ら笑いを浮かべ始めた。

この人がこんな顔をするのは……

「何かコレット絡みで思い付いたんですね？」

「わかってるじゃない。合格！　シレクス家の名においてコレットの知人であることを許します！」

今ですか。長い試練でしたね。

「魔王城周辺の霧の件、このフレンデリアに一旦預けて。悪いようにはしないから。いい？　はい、反論もないみたいだし決定ね！　それじゃバァ～イ！」

一人で勝手に捲《まく》し立て、一人で勝手に盛り上がり、御嬢様は応接室を出て行った。

「……なあ。あんなだったか？　シレクス家の御令嬢」

「以前はもっと陰湿で攻撃的ではあったな。オレとしては、あの方に言葉のナイフで何度も何度も心を抉《えぐ》られるのは決して嫌ではなかったのだが」

ダンディンドンさん……？

言動から変態性が滲《にじ》み出てますけど大丈夫なんですかね。ギルマスですよね？

まあ変態はともかく、俺が知るフレンデリア御嬢様はずっとあんな感じだから特に違和感はない。

多分アレだ、恋を知って人が変わった的なやつなんだろう。深くは掘り下げまい。

「で、他に何かあるのか？　ねェなら俺は帰るぞ。座って話し合いなんて性に合わねェんだ。カーッカカカカ！」

「僕もそろそろお暇《いとま》するよ。何やら面倒事が舞い込んで来そうな気もするしね。その前に今の仕事を片付けるとしよう」

許可を待たず、ハウクとロハネルも応接室を次々と出て行く。まとまりのねぇ集まりだな全く。

「……仕方ないわね。【冥府魔界の霧海】については一度シレクス家に任せて、今日はこの辺にしておきましょう」

「冥……何？」

「冥府魔界の霧海。私たちソーサラーギルドは例の霧をそう呼ぶことにしたというだけの話よ。何か文句でもある？」

「いえ……あの、後学の為にわざわざ名付けた理由だけ教えて貰っていいですかね」

「毒霧なんて呼び方じゃしっくりこないでしょ？」

微笑を携えたティシエラの威風堂々たる言葉で、臨時の五大ギルド会議はお開きとなった。

◆
◆
◆

「ふぅ……」

ソーサラーギルドを出ると、自然と溜息《ためいき》が漏れた。

なんだかんだ緊張してたからな……場違い過ぎて。

最初はどうなることかと思ったけど、どうにか無事切り抜けられてよかった。

ったくコレットのヤツ、面倒事を押しつけやがって。一番高いパン奢《おご》らせてやる。

「おう、あんちゃん。お疲れ様」

バングッフさんか。この人と街中で話すの抵抗あるんだよ。

大丈夫かな。周りから俺も反社って思われないかな。

「確かルウェリアんトコの武器屋に協力してるんだってな」

「ええ。お世話になったんで恩返しをと」

「そいつは人として立派だがよ。あの武器屋とつるむのは程々にしときな。この街に長く留《とど》まりたいならな」

何か意味深な忠告を残し、バングッフさんは雑踏の中へ紛れていく。

もしかして警告……いや脅しか？

ルウェリアさんの名前出してたし、実はルウェリアさんを狙ってる中の一人とか？

「……何殺気立ってるの？」

「うわビックリした！」

いつの間にか背後にティシエラと……あと赤毛の女性が並んで立っていた。

さっきフレンデリア御嬢様と一緒にお茶持ってきた人だ。

「初めまして！　キミが噂の新顔クンだよね？」

「あっはい。最近来たばっかです」

「それじゃー自己紹介しとくね！　私はイリスチュア。何を隠そう、ティシエラとは幼なじみの間柄なのですよー」

「何も隠す要素はないと思うけれど」

「あはは」

太陽のような笑顔。そんな言葉が思わず出てくるくらい、イリスチュアと名乗ったソーサラーは陽の空気を発していた。

「君のことはティシエラから色々聞いてるよー。どんな人なのか一度会ってみたかったんだよねー。なるほどなるほど。実物はこんな感じでしたか」

やけにまじまじと眺めてくるじゃん。でも全然嫌な感じじゃない。

「これからもティシエラと仲良くしてあげてね？」

「イリス。余計なことは言わないで」

「はーい。それじゃ新顔クン、またねー！」

特に用があった訳でもないらしく、イリスチュアさんは笑顔のままでギルドへ戻っていった。

ティシエラとは正反対のタイプだけど、彼女も相当な美人さんだ。陰のティシエラ、陽のイリスチュアって感じで二人並ぶとオーラがヤバい。もう少し見ていたかった。

「……イリスの言ったことは忘れて。それより今日は悪かったわね」

「まあいいけど、あんまコレットを甘やかさない方がいいんじゃないの？　冒険者を代表する存在なんだし、これからもお偉いさんと会う機会は多いだろ」

「そうかもしれないわね。でも、貴方《あなた》だって結局代理を引き受けたんだから同罪でしょう？」

返す言葉もない。でもなあ……『お願いだから変わって〜』って泣き付かれちゃったらね、もうどうしようもないんだよ。

「不思議なものね。貴方がこの街に来てから10数日しか経《た》っていないというのに、停滞していたことが次から次に動き出してる。貴方、一体何者なのかしら」

……含みのある言い方だ。必ずしも歓迎されている訳じゃないらしい。

でも仕方ない。実際、こんな素性もわからない人間を無条件で信じる方がおかしい――

「案外、貴方みたいな人が将来、この街を救う英雄になるのかもしれないわね」

「……へ？」

突拍子もないことを口走ったティシエラは、こっちの反応を見もせずにギルドへ引っ込んでいく。

英雄って……俺から一番遠い言葉だろうに。

でも皮肉って感じでもなかったな。多分、無理やり会議に出席させたことを強引な褒め言葉で埋め合わせしたんだろう。立場上別に気にしなくてもいいだろうに。律儀というか生真面目というか。何にせよ、似合わない言葉で褒められて浮かれるほど子供じゃない。会議疲れた。宿に戻って寝直そう。

「トモお帰りー！　代理お疲れ様ー！　あれ？　何ニヤニヤしてるの？」

「うっせ！」

この日の昼食はパン祭りだった。

◆　◆　◆

「……なんだアレ」

五大ギルド会議の3日後、つまり怪盗メアロに屈辱的敗北を喫した4日後。

バツの悪さもあってしばらく足が遠のいていたベリアルザ武器商会をコレットと一緒に訪れると、出入り口に何故《なぜ》か人集《ひとだか》りができていた。

「なんか嫌な予感するから裏口から入ろっか」

コレットの野生の勘に従い、ソーッと裏口から侵入。どうやら客対応は御主人がしているらしい。

「だからルウェリアの心は盗まれてねぇっつってんだろ！　お客様じゃねぇんなら帰れ帰れ！」

……妙な内容の怒号が聞こえる。

どうやら怪盗メアロが盗みに入ったって情報がルウェリアさんのファンたちに漏れたらしい。

「トモさんコレットさん。こっちです」

カウンターの死角に隠れていたルウェリアさんが手招きしている。人気者も大変だな。

「大丈夫ですか？　妙な騒ぎになってますけど……」

「ねえねえ、もしかしてあの人たちに武器売っちゃった？　悪魔に魂売ったみたいな剣幕だけど」

「私たちの武器屋は魔界の支店じゃないです！」

どうやらルウェリアさんのファンは暗黒武器に魅せられて歪《ゆが》んだ人々じゃなく、純粋に心配してるらしい。だとしても鬱陶しいことに変わりはないけど。

「ところで、お二人はもう耳に入れましたか？　魔王討伐キャンペーンのお話」

「……キャンペーン？」

要領を得ないその言葉に、思わずコレットと顔を見合わせる。

「先日シレクス家の方々がお越しになって、後日大々的な催しを開くからと協力を要請されました。なんでも、住民の皆さんが忘れかけている魔王討伐への情熱を蘇《よみがえ》らせる為のお祭りイベントだそうです」

五大ギルド会議に乱入してきたあの日、何かを思い付いたのは明白だったけど……コレットのアペルピシア討伐で点《つ》いた火を消さない為の一手ってことなのか？

「その目玉企画が、魔王城目掛けて武器を投げて距離を競う大会だそうです」

「……は？」

「大会名は『魔王に届け』。略して『まおとど』だそうです」

何そのラブコメみたいなタイトル。あと略称は公式が決めるな。自然発生を待つんだ。

いやそんなことはどうでもいいんだよ！　あの御嬢様……毒霧の調査をイベントにしやがった！

「よくわかりませんが、測定器を武器に付けて魔王城目掛けて投げ込むそうです。なので大会の準備期間に投擲《とうてき》武器を多めに仕入れとけと言われました。売れるからと」

「まあ……確かに売れるとは思いますけど」

毒霧の調査は主に『発生源と成分の特定』『人体に害を及ぼす範囲の特定』の二つを行う必要がある。その為には一箇所じゃなく何箇所も解析用のアイテムを設置しなきゃならない。でも霧の毒が何処まで広がっているのか不明だから迂闊《うかつ》に足を踏み入れる訳にもいかない。

だから投擲。

それも大勢に競わせることで、魔王城に近い地点を中心に様々な場所への設置が大会を通し勝手に行われる。だから調査に人員を割く必要がない。回収はティシエラが言ってた魔法で実行できるし。

魔王討伐への気運を高め、尚且《なおか》つ毒霧の調査も行える。イベント化することで経済も回せる。

そして恐らく一番の狙いは——

「それと、シレクス家は総力をあげてコレットさんを応援するって言ってました」

「……へ？」

でしょうね。要は毒霧の調査に託《かこつ》けて、大きな大会でコレットを優勝させて名誉回復を目論《もくろ》んでるんだ。あの御嬢様……天真爛漫《てんしんらんまん》なようで中々の策士だな。

「ケッ。やっと帰りやがった」

「お父さん！　大丈夫でしたか？」

「おうルウェリア心配すんな、俺の目の黒い内はあんなゴミどもに指一本触れさせやしねぇからな。その為なら俺は悪魔に魂でも売ってやらぁ」

「……やっぱり魔界の支店なのでは」

「ちっ違います！　もーっお父さん！」

仲睦《なかむつ》まじい親子だ。恩義とは別に、純粋にこの二人には幸せになって欲しい。

その為には、武器屋が存続できるだけの売上が必要だ。

魔除《まよ》けの蛇骨剣は売れたけど、他にも売れ筋の武器がないと……

「……」

「えっ何？　私の顔に何か付いてる？」

レベル78の冒険者が使った武器は箔《はく》が付く。

それはコレットの両親や領主も認めている。御主人も同じことを目論んでいた。

だったら、コレットが使って優勝した武器なら、尚のこと売れるんじゃないか？

「ちょっトモ、そんなジーッて見つめられたら照れるってば」

「コレット」

「へっ!?　何!?　人前で何する気!?」

こいつ何言ってんだ……？　そして何故顔が赤い。

告白でもされると思ったのか。こんなおぞましい武器に囲まれてる所で。

「暗黒武器の広告塔になって失敗したのを覚えてるよな。リベンジしたくないか？」

「……あー、そういうこと」

俺の意図を瞬時に察知したらしい。意外と察しはいいんだよな。

「うん。リベンジしたい。怪盗メアロに逃げられた件もあるし」

「だよな」

意見は一致した。なら後はやるだけだ。

「あの……何のお話ですか？」

小首を傾《かし》げるルウェリアさんに、コレットは強気な笑みを浮かべてみせる。

俺もつい真似《まね》してしまった。

「私、『魔王に届け』に参加します」

「このベリアルザ武器商会の武器で優勝しましょう」

異世界に来て約20日。

そろそろ木組みの家々と石畳の街に慣れてきた今日この頃、新たな目標ができました。

……未《ま》だ無職だけど。

第八話　自分語りは用法・用量を正しくお守り下さい

投擲《とうてき》に適した武器といえば、真っ先に思い付くのが槍《やり》だ。

槍投げのイメージが強いし武器としての知名度も高く、愛用している戦士も多いだろう。

ベリアルザ武器商会にもブラッドスピアコク深めをはじめ何種類も置いてある。

でも、この世界では投擲用の槍を武器に使う習慣はほとんど残っていないらしい。遠距離用の攻撃は魔法が主流だし、非力でも使える弓矢と違って使用者を選ぶ上にコストパフォーマンスも悪い。

そりゃ廃れても仕方ない。

よって——

「モーニングスター？」

「そうそう。これが一番飛距離出しやすいと思うんだ。まずこれを試してみよう」

シレクス家に荷馬車を手配して貰《もら》い、郊外の広い草原にて投擲武器の検証を行うことにした。

投げるのは勿論《もちろん》コレット。投げた武器が他人に直撃しないよう、人が入ってこないか見張るのが俺の役目だ。ケガどころか命の危険もあるからな。

「モーニングスターは難しいんじゃねぇか？　こんなデカい鉄球じゃ飛距離は出ねぇだろ」

「しかもただのモーニングスターじゃありません。【粉砕骨折の鉄球】です」

武器屋で俺たちを見送った二人は最後までピンときていない様子だったな。

実際、もっと小さい鉄球のモーニングスターで試したかったんだけど、生憎《あいにく》ベリアルザ武器商会には鉄球部分がデカい上に黒光りしていて中央に血走った目が描かれているこのバックベアード様みたいなやつしかなかった。

とはいえ、鎖で繋《つな》がれているフレイル型なのは幸いだった。しかも鎖が結構長いから遠心力にも期待が持てる。これをハンマー投げの要領で……

「ちょいやー！」

……何その釣《つ》り竿《ざお》がすっぽ抜けたような投げ方。

ああそうか、この世界にはハンマー投げ自体が普及してないんだな。

「コレット、あのな……」

「私に任せて！　良い考えがあるの！」

あ痛《い》った！　今割り込みながら肘鉄食らわしてきたぞこの令嬢！

そこまでしてコレットに良い所見せたいか。

「見ててね。こういうふうに、その場でグルグルグルグル回って……グルグル回っ……グル……グル……ぐりゅ～」

「フレンちゃん様!?　ど、どうしようトモ！　フレンちゃん様が呪われちゃったかも！」

まあハンマー投げ知らないんならあの投げ方は奇行に見えるわな。

粉砕骨折の鉄球があんな見た目だし……仕方ない、フォローしとくか。

「多分だけど、お嬢様はこんな感じで投げればいいって言いたかったんじゃないかな」

粉砕骨折の鉄球のグリップを両手で握り、それを頭上に掲げて軽く三回転ほど回して、遠心力が働いたと感じた程よいタイミングで自分自身も回り——離す。

筋力ないから距離は大して伸びなかったけど、形は一応示せた筈《はず》だ。

「あ、いい感じいい感じ！　でもなんかすっぽ抜けそうで怖いかも」

「グリップを摑《つか》みやすく改良すれば大丈夫。御主人と相談してみよう」

「うん！」

少し興奮した様子でコレットが何度も頷《うなず》く。心なしか楽しそうだ。

「それと【ステータス操作】でコレット自身とこの粉砕骨折の鉄球のステータスを変更しなきゃな。投擲に最適なパラメータ配分を検証して……」

「……」

あれ？　一転して神妙な顔つき。何か変なこと言ったかな俺。

「あのね。トモのスキルが悪いとかそういうことじゃないんだけど……なんかズルしてるっぽいなーって思って」

成程。モンスター退治と違って同じ条件で競う大会だから、スキルで能力を弄《いじ》るのに抵抗があるのか。実際ドーピングみたいなもんだしな。

「言いたいことはなんとなくわかるよ。コレット自身、そういう罪悪感をずっと持って生きてきたんだよな？」

「……うん。他の冒険者はみんながんばってレベル上げてるのに、私だけ何の苦労もなしでレベル78って、やっぱり周りから見たら『何だよ！』ってなるよね」

俺のこの【ステータス操作】もそうだ。

努力して得たものじゃないし、自分の才能かどうかすら怪しい。だからこれで生計を立てようと考えることにもちょっと抵抗がある。

まあでも結局、割り切るしかないんだよな。

「コレット。俺たちはフレンデリア御嬢《おじょうさま》様を見習うべきだと思うんだ」

「……へ？」

「この御方を見ろ。自分の力で財を成した訳でもないのに、我欲の為《ため》に湯水のように金を使っても一切悪びれた様子はない」

目を回して地面に横たわっている御嬢様に目を向ける。

その姿に威厳や貫禄《かんろく》なんてものは微塵《みじん》も感じられない。

「でも、その行動力がコレットを良い方向に導いてるし、今回のイベントだって成功すれば色んな人たちにとってプラスに働く筈だ。厚顔無恥だろうと何だろうと、持って生まれたものや手に入れたものは活用すべきなんだよ。予防線張って周囲からの誹《そし》りだの白眼視だのを回避することより、御主人やルウェリアさんにいい思いをして貰う方が大事だろ？」

「……それはそう」

説教じみた話をしてしまった。何を偉そうに俺如《ごと》きが……って気持ちもなくはないけど、それはそれとして気分は良い。やっぱり説教はされるよりする方が良いよね。

「わかった。私もフレンちゃん様を見習ってがんばってみる。トモ、【ステータス操作】お願い」

「おう」

とりあえずコレットの納得が得られたところで検証を開始。威力重視とは違って飛距離を出すことに特化する訳だから、攻撃力だけじゃなく敏捷性《びんしょうせい》や器用さも一定以上は必要だろう。

「……よし。まずはこれで試してみよう」

「うん。さっきの投げ方でやってみるね。周りは大丈夫？」

「ああ。誰も近くには来てない」

粉砕骨折の鉄球をブンブン振り回しながら離れて行くコレットの後ろ姿が頼もしく映る。

これなら――

「良い投擲が期待できそうね」

「ですね」

フレンデリア御嬢様もご満悦だ。

……んん？

「起きて……いらっしゃいました？」

「ええ。俺たちはフレンデリア御嬢様を見習うべき、だったかしら？　素敵なセリフじゃない」

これはマズい！　なんとかして誤魔化さないと！　でも何にも思い浮かばない！

「私、貴方《あなた》を誤解していたみたい。まさか私をそんなふうに思ってくれていたなんてね。ふふー」

「いやー。さっきのはですねー……」

「ふふふふふふふふ」

ゆらりと身体《からだ》をくねらせながら御嬢様が立ち上がってくる。明らかに目は笑ってない。

そうだ、セバチャスン！　あの人にフォローをお願い……あっダメだ！　馬車の傍《そば》で優雅に一服してる！　絶対こっちの様子に気付いてるのに！

「天罰！」

「あ痛ったー！」

か細い脚で思いっきり尻を蹴られた。

フレンデリア御嬢様、今時流行《はや》らない暴力ヒロインでしたか……俺にとってはヒロインでも何でもないからただの暴力だけど。

「えーいっ！」

そんなしょうもないやり取りをしている間にコレットは凄《すさ》まじい速度でグルグルと回り、鎖付きの鉄球を空に向かって放り投げていた。

鉄球は——もう見えない。いつ手を離したのかさえ把握できなかった。異次元のスピードすぎて。

どれだけ天を仰いでも、どの高さまで飛んで行ったのか全然わからない。

「すっげー……」

不機嫌だったフレンデリア御嬢様と思わず顔を見合わせて笑ってしまう。

この青空が、生前のあの世界と繋がっていることはない。

でも、どうしてだろうな。

普段見上げることのないこの空が、何故《なぜ》だかとても懐かしく思えてくるのは。

「それよコレット！　その投げ方を私は教えたかったの！　完璧よ！」

「あ、ありがとうございます……」

フレンデリア御嬢様が興奮した様子でコレットに抱きつく。

スキンシップに慣れている筈もないコレットはされるがままになっていた。

二人の女性が手を取り合ってはしゃぐ姿は微笑《ほほえ》ましい。良いものを見せて貰っ——

……!?

「きゃあああああああ！」

なんだなんだ!?　地震か!?

今確かにとんでもない轟音《ごうおん》と地響きが……

「あ」

思わず顔が青ざめる。どうやらコレットたちも気付いたらしい。

今回の検証を行うにあたって俺たちが懸念していたのは、フラッとこの草原に立ち寄った他人を巻き込んでしまう事故。

当然だ。そんなことは絶対にあっちゃいけないからな。

でもその意識が強すぎた所為《せい》で、大事な想定を忘れてしまっていた。

「……うわぁ」

コレットが投げた鉄球が、絶対に前に落ちるとは限らない。

俺らが安全だという保証も当然なかったんだ。

全く慣れていない投げ方な上、グリップが甘くすっぽ抜け気味だったんだろう。

あのデカい鉄球は俺たちのすぐ真後ろに着弾していた。地形を変えるほどの衝撃で。

「これ……頭に食らってたら即死だったな……」

「……」

本日の教訓。

バックベアード様マジ隕石《いんせき》。

◆　◆　◆

――なんてことがありつつも粉砕骨折の鉄球の調整は無事に終わり、投擲の際の飛距離が他より遥《はる》かに伸びる新商品【天翔《てんしょう》黒閃《こくせん》の鉄球】が完成した。

デザインは変更なし。心なしか目力が増している気もする。そのうち破壊光線でも出しそうだ。

しかしここで問題が一つ生じる。

コレットを優勝させるのが主目的なら、これをコレットだけに使わせればいい。

でも大会前の売上を伸ばしたいなら飛ぶ鉄球は独占せず一般発売すべきだ。

これに対するコレットの回答は極めてシンプルだった。

「独占した方がいいに決まってるでしょ!? 私だけに使わせて！ 私を有利にして！ じゃないとプレッシャーで死んじゃうから！」

大分がんばってカッコ付けてたけど、所詮は大した修羅場もくぐってきていない小娘。

ちょっと追い込まれるとすぐ甘えが出る。

「ねえホントお願い。私のお願い聞いてくれないの？ 見てこの手。マメ凄《すご》くない？ こんなにがんばってるんだよ。なのにお願い聞いてくれないの？ トモってもしかして女の子の精神がグジュグジュになるのを見て喜ぶ系？」

「メンタルブレイクを湿り気のある擬音で表現すんじゃねーよ！」

そしてもう一つ追い込まれると若干病む。

こいつ病みながら甘えるんだよな……ヤンデレともちょっと違うジャンルだ。

甘病《あまや》みとでも言うのか、こういうの。グロインに加え甘病みヒロインか……やっぱイロモノかもしれない。

「何にしても、もう大量発注した粉砕骨折の鉄球が倉庫にゴロゴロ転がってるから手遅れだぞ」

「薄情者！　うー……胃が痛いー……」

仕方ないだろ。人類最高のレベルを誇るコレットのステータスを考えれば、余程のミスがない限り優勝の可能性大。他の参加者に天翔黒閃の鉄球を使われるデメリットはかなり低い。ならベリアルザ武器商会の売上を上げるメリットを優先するのは当然の判断だ。

「魔除《まよ》けの蛇骨剣も再入荷できました！　売れ線の商品が二つも……こんなに充実したラインナップはお店史上初めてです！」

「おいおいどうするよルウェリア。これ全部売れちまったら黒字だぜぇ？　黒字ってお前……そんな快挙があっていいのかよ」

「来期からは一日三食しっかり食べられる毎日が待っているんですね。信じられません」

……ホント、よく今まで潰れなかったなこの店。

あとルウェリアさんの発育も何気に快挙だ。

何にせよ武器が売れてこの店が潤えば、俺にとっても喜ばしいことだ。売れに売れて店の規模が大きくなれば商品開発部長として雇って貰えるかもしれないし。

気心知れた親子のもとで、色々アイディアを出しながら武器開発という如何《いか》にもファンタジーな職業で生きていく。そんな異世界ライフも悪くないよな。

◆　◆　◆

でも現実は非情である。

「売れません……」

「売れねえな……」

魔除けの蛇骨剣と天翔黒閃の鉄球を売り場の目立つ位置に並べてから3日が過ぎたというのに、どちらも全く売れていない。

蛇骨剣なんて既に何度か売り切れた実績があるのにだ。

「売れない理由を教えてやろうか？」

不意に、店先から聞き覚えのある声が聞こえてきた。

荒っぽいようで人の良さを隠せない、そんな声。これは確か――

「商業ギルドのギルマス！」

「久々だな新参のあんちゃん。せっかくの忠告を無視すんのは頂けねーなあ」

名前は……確かバングッフさんだったっけ。会議の時からカタギっぽくなかったけど今回は黒い服を着ている所為で更に反社感が増している。しかも強面《こわもて》の部下を大勢引き連れて来やがった。

「なんか随分と胡散臭《うさんくせ》ぇ武器を売り始めたらしいじゃねーか。ちょっくら不買運動させて貰ったぜ」

「何ィ!?」

えらい剣幕で御主人がバングッフさんに食ってかかる。

部下の連中が一瞬殺気立つも、バングッフさんがそれを手で制した。

「バングッフてめぇ……何の権限があってンなことしやがる」

「商業ギルド代表の権限に決まってんだろ？　こっちは城下町の商人全員の健全な売買を保証しなきゃなんねー立場だ。購入者が呪われるかもしれねー武器を好き勝手売り捌《さば》かれちゃ困るんだよ。安全性が保証されるまではな」

「そんな！　今までは黙認して下さってたのに！」

ルウェリアさん……たとえ正解でもその言葉のチョイスは頂けません。呪いの武器を扱ってる訳じゃないんだから自信持ちましょうよ。

「なあジュリアーノ。いい加減、こんな訳わかんねー店は畳めって。悪いこたぁ言わねーからよ」

……は？　ジュリ……はあ？

「ルウェリアさんルウェリアさん。ジュリアーノってなんですか？　コードネーム的なやつとか？」

「ジュリアーノでしたら、私のお父さんの本名です」

「はぁ――――!?　嘘《うそ》でしょ!?　名付け親誰だよ!!」

あの髭面《ひげづら》とあの声とあの肉体で本名ジュリアーノ？

フザけてんのか？　一回地球に来てジュリアーノで検索してみろよ！

出てくる画像みんな目元涼しげだぞ!?

「おいあんちゃん。こっちは今大事な話してんだよ。あんま騒ぐと事務所に拉致《らち》っちまうぞ？」

「うっせぇ！　こっちはそれどころじゃないんだよ！　八つ裂きの剣で八つ裂きにすんぞ！」

「うわあああああああああああ!!　ちょっ、おまっ、なんちゅう気持ち悪《わり》ぃモン持ってきやが……うわああああああああああああああああああ!!」

コウモリとサソリとムカデが絡み合って蠢動《しゅんどう》してる最中に押し潰されて死んだような形状の剣を目の当たりにした商業ギルドの面々は、蜘蛛《くも》の子を散らすように店から離れて行った。

「で、御主人。ジュリアーノってマジっすか」

「……まあ言いたいことはわかるけどよ。俺だってガキの時分はジュリアーノ顔《がお》だったんだよ」

嘘だろ？　異世界に来て一番の衝撃だわ。絶対信じねー。

「な、なーあんちゃん。なんか気を悪くさせちまったみてーで悪かったよ。そのヤベー武器しまってくんない？　オレ、マジで直視できねぇっつーか、うぇぇ……ぶっちゃけ吐きそうなんだわ」

グロ耐性ないのか反社の癖に。斯《か》く言う俺も全くないけど。

つーか俺も気持ち悪くなってきた……奥にしまっとこ。

「と、とにかくな……この武器屋はダメなんだよ。街の景観がムチャクチャになんだよ。ここだけ魔王城の支店みてーだろ？　割とガチで一部の連中がそう疑ってんだよ」

「何が魔王城の支店だコラ！　何処《どこ》からどう見てもただの暗黒武器屋だろが！」

「ただの暗黒武器屋ってのがそもそもねーんだよこの世にはよお！」

……今回ばかりは御主人よりもバングッフさんの方が正論な気がする。加勢もできない。

にしても面倒なことになったな。まさか商業ギルドがこの武器屋を目の敵《かたき》にしていたとは。

五大ギルドの一角を担うくらいだし、その影響力は想像に難くない。

このままじゃ商売あがったりだ。

どうする……？

「一体何の騒ぎですか！」

また誰か来た！　この武器屋にあるまじき人口密度だな！

「ンだよアイザックか。まーた自己満のガーディアン気取りかい？」

ポリポリ後頭部を掻《か》くバングッフさんに対し、通りすがりのアイザックが正義感に満ちた顔で睨《にら》みを利かせている。あのゾンビ夜行以来か。

特に親しくなったつもりはないけど、向こうはそうじゃないのか俺の顔を見て軽く手を挙げ口元を緩めてる。イケメンにこんな対応されると少し照れるな。

「ガーディアン気取りって何よ！　ザックはね、住民みんなの為に無償で街の治安を守ろうとがんばってんの！」

「そうよ。アンタたち商業ギルドが集団で歩くだけで街の景観が損なわれるんだから。そのフザけた格好いい加減やめたら？」

「あ、あの……お店で騒ぐのはよくないと……思います」

取り巻きの女性たちも揃《そろ》ってアイザックを支援。勿論、彼女たちは正義感や倫理観なんて関係なく、単純にアイザックに好かれたい一心でイエスマンをやっているんだろう。

「バングッフさん。ここで一体何をしているんですか？」

「ただの視察だよ。商業ギルドが街の武器屋を見て回るのがそんなに不自然か？　こっちは仕事でやってんの。趣味で弱者の味方気取ってる暇人と違ってな、オレたちゃ忙しいんだよ」

「だったらもう、ここには用はないですね」

「……チッ。白けちまった。おうテメーら、帰るぞ！」

意外にもバングッフさんはアッサリ引き下がり、部下を連れてゾロゾロと去って行く。

……いや去られても困るんだけど。不買運動の件がまだ解決してないのに。

「大丈夫？　何か嫌なことされなかった？」

「あっいえ。全然そのようなことは」

取り巻きの女性陣がルウェリアさんを気遣う一方で、コレットの姿が見えないのはどういう訳だ。

あっ、奥に隠れてやがる。そういや前にアイザックと会った時もすぐいなくなってたな。

「御主人、もう大丈夫です。彼らもしばらくは大人しくするでしょう」

「いや、なんつーか……」

「噂《うわさ》は耳にしています。最近、一風変わった武器を開発したそうですね。彼らが来たのはその確認といったところでしょう」

お、鋭いな。流石《さすが》レベル60。

「彼らに代わって僕が安全性を確認するのはどうですか？　問題がなければ、冒険者ギルドを通して不合理な流通政策に異を唱えるくらいはできます」

「む……」

成程、冒険者ギルドを通してクレームを入れりゃ向こうも無視できないわな。

つーかコレットさんよ、レベル60にそんな権限があるんなら78なら余裕でしょうよ。あんたがやんなさいよ。さっきからずっと隠れてるけど。

「ま、そういうことなら頼むとするか」

「余計なお世話かもしれませんが、困っている人を見過ごす自分が許せない性分なもので……ここに置いてあるのが新商品ですね？」

「ああ。説明はトモ、お前がしてくれ」

「了解」

……という訳でサクッと説明。

アイザックはその間、ずっと真剣に俺の話を聞いていた。

「ありがとう。この魔除けの蛇骨剣を購入させて貰っていいかな？」

「え？　それは勿論……毎度あり」

アイザックはカウンターの上に料金分の金貨を置き、ツインテールの子を手招きして店の外に出て行った。

「僕に向かって攻撃魔法を撃ってみてくれ。魔法防御の効果を試したい」

「バカ言わないでよ！　もし欠陥商品だったらザックが……！」

大声で欠陥商品とか言うなよ人聞きの悪い。

「大丈夫だよ。それに魔法の誤射も心配してない。僕はミッチャを信じてるから」

「もう！　はぁ……それじゃ初級魔法の【サンダーレイ】でいい？」

「ああ。頼む」

人の作った商品を好感度アップのアイテムにするのやめて貰えませんかね。ハーレムパーティってみんなこうなの？　視界に入る物全部イチャイチャの小道具にしてんの？

「ありがとう。効果は無事確認できたよ」

あ、もう終わったんだ。最後の方見てなかった。

「安全面も問題ありません。呪われてもいませんね。冒険者ギルドに話を通しておきます」

「おう。悪ぃな」

アイザックと戻って来たツインテールの子に、他の二人がプンスカ怒りながら抜け駆け禁止的なことを話している。ここまでテンプレだと一周回って新鮮だな。

「それと、あっちの天翔黒閃の鉄球も一つ購入します」

「こっちも試すんだな？」

「いえ、その必要はないでしょう。信頼性は十分に確認しました」

御主人にそう告げ、アイザックは視線を俺の方に向けてきた。

「酔っていたとはいえ、先日は随分と迷惑をかけてしまったね。こんなことで罪滅ぼしになるとは思わないけど……」

「別に気にしてないって。それより、あの酒場の連中は大丈夫だったの？　メデオに蘇生《そせい》料を大分ふっかけられたと思うんだけど」

「みたいだね。流石の彼らも二、三日は相当凹《へこ》んでたみたいだ」

凹む程度で済んだのか。

まあ全員漏れなく大金持ちだろうし、なんとかなったんだろう。多分。

「君とは不思議と縁があるね。ま、彼女の知り合いなんだから当然か」

アイザックはそう呟《つぶや》くと、今度はずっと奥で隠れているコレットの方に目を向けた。

「『魔王に届け』には僕も出場する予定なんだ。楽しみにしているよ。レベル78の力がどれくらいなのかを……ね」

おおっと。これは紛れもなく宣戦布告。

大胆不敵なその発言を残し、アイザックとその取り巻きは店を出て行った。

直後、コレットが身体の埃《ほこり》を払いながら戻ってくる。

「アイザックさん、私を目の敵にしてるっぽいんだよね。物腰は柔らかいんだけど」

苦手意識があるから避けてたのか。

まあわからなくもない。ちょっとネットリしてるもんな。ライバル視されるとキツいタイプだ。

「アイツはなあ……ちょいと捻《ひね》くれたトコがあんだよ」

「御主人、彼のことをよく知ってるんですか？」

「別に知りたくもねぇのに勝手にベラベラ喋《しゃべ》ってくんだよ。自分の半生を」

自分語りが大好きなタイプか。俺も嫌いじゃないよ。だって喋りたいでしょ、栄光の日々。俺にはないから喋れないけど。

「あいつは地方出身でな。親兄弟みんな優秀だったらしいが、あいつだけ平凡な才能しかなくて常に見下される日々を送っていたんだと。そんで一念発起して故郷を出て、死に物狂いでここまで辿《たど》り着いたとさ」

「叩《たた》き上《あ》げってやつですか」

「着いた当初はまだレベル30台で、言うことはデケェが実力伴ってないってんで冒険者ギルドでも大分イジられてたみてぇだ。そこから地道にレベルを上げて、自分を下に見てた連中を一人一人抜き去って行って、つい最近60に到達したって話だ」

努力家なんだな。そしてその努力をひけらかすタイプ。確かにそんな雰囲気はあったな。取り巻きの女性には露骨に好意を持たれているみたいだけど、その周りからは白眼視されているのかもしれない。御主人もずっと苦虫を嚙《か》みつぶしたような顔だし。

何にせよ、コレットを目の敵にしている理由がわかった。レベル60であることを誇りに思っている奴《やつ》にとって、レベル78なのに冒険者としての格を示さず、なのに急に話題の中心になってしまうコレットは何かと目障りなんだろう。

「奴は難敵だぜ。ナメてかかると負けるぞコレットちゃんよ」

「うう……また胃が……」

初対面時やアペルピシア戦みたく命の危険が迫っている時は開き直れるけど、こういう地味なプレッシャーには弱いんだよな。あんまり煽《あお》らない方がよさそうだ。

「大丈夫ですコレットさん。もし優勝できなくても、私たちは元気にやっていけます。今までだって売上はアレな感じでしたがなんとかやってきました。だから責任を感じないで下さい」

「ルウェリアさん……」

ええ娘や……あ、御主人が男泣きしてる。良い涙ですね。自慢の娘さんですね。でもその涙からは若干毒親の気配を感じるんで過保護は程々に。

「それにコレットさんには頼もしい味方がいます。フレンデリア様から聞きました。シレクス家がコレットさんの実家を経済的に支援するんですよね？」

え……初耳なんだけど。マジで？

「？　？　？」

ああっ、コレットの目があんパンの断面図のように……！

これは確実に知らなかったな。

「私ちょっ、ちょっと用事ができちゃったから帰るね。あっトモ！」

「はいなんでしょう」

「私を今すぐ敏捷性極振りにして」

凄い顔面の引きつりようだった。

その後、圧倒的なスピードでシレクス家まで駆けていったコレットは、フレンデリア御嬢様から満面の笑みで『事実よ！』と告げられ卒倒したらしい。

にしてもあの御嬢様、着々と外堀を埋めてたんだなあ……絶対に逃がさないぞって意気込みを感じる。コレットとは別の意味で怖《こえ》ぇな。

その後、商業ギルドは蛇骨剣および天翔黒閃の鉄球の売買を正式に容認。

ベリアルザ武器商会には大会への参加を検討している筋骨隆々の猛者たちが足を運び――

「なんだテメェら!!　この新参どもが!!　ルウェリアさんを性的な目で見てんじゃねぇ殺すぞ!!」

「だとコラ!!　ルウェリアさんを鑑賞する権利がいつオメェらだけのモンになったんだ殺すぞ!!」

「けっケンカはいけません！　店内ではお静かに！」

古参ファンと新規ファンの間で毎日のように揉《も》め事《ごと》が起こった。
なお武器はそこそこ売れた。

第九話　魔王に届け

大会当日。

「魔王を討伐したいかー！　魔王城に乗り込みたいかー！」

「おおおおおおおおおおおおおお！」

「よおーし良い返事よ！　だったらまずは宣戦布告をしないとね！　魔王城に向かってドンドン武器を投げ込んでちょーだい！　訳わかんない毒霧なんかに負けるなーっ！」

雲一つない青空の下、大会主催のシレクス家を代表してフレンデリア御嬢様《おじょうさま》が壇上から熱の入ったスピーチを行い、長い長い一日は始まった。

「ルールは事前に配布してあるパンフレットに記載してある通りよ！　雨天決行、ただし天変地異レベルの災害は中止。参加者の半分が試技を追えた時点で大会成立ね！　それと——」

『魔王に届け』のルール自体はかなりシンプルだ。

城下町の出入り口の一つである西門を開放し、そこを出発点として自分の好きな地点まで移動し、魔王城へ向けて武器の投擲《とうてき》を行う。

それを各人が一回ずつ行い、投げた武器が魔王城に一番近い地点にあった者が優勝となる。

武器の位置測定は、各人が使用する武器に装着した探ってクン6号によって行われる。

投擲後に自動解析が終わったら同行したソーサラーが【リアームズ】を使用し、探ってクン6号が再び解析を始める前に外して回収。これによって、探ってクン6号には投げ込まれた地点の情報のみが残る。大会終了後は全て鑑定ギルドに預け、毒霧の精査を行う予定だ。

重要なのは『どの場所で投擲を行うか』の判断。魔王城に近ければ近いほど有利だが、近付き過ぎると毒霧の影響を受ける恐れがあるし、強いモンスターに襲われるリスクも増す。

ただし参加者は最大2名まで護衛を付けていいルールになっており、モンスター退治は護衛に任せても問題ない。

投擲の飛距離を競う大会ではあるけど、同時にチキンレースの要素もある。

腕力、判断力、そして勇気を試される意外と奥深い競技だ。

優勝賞金は65535G。日本円にして約650万円だ。相当な額のように思えるけど、この街の冒険者なら命さえ張れば数日で稼げる金額らしい。だから賞金目当てで参加する奴《やつ》はいない。

魔王城から一番近い距離にある街。

それでも聖噴水のおかげで長年平和なんだけど、同時に刺激も少ない。

娯楽に飢えている住民も多いという。

フレンデリア御嬢様がそこまで考えて計画を立てたかどうかは不明だけど、街は朝から大騒ぎだ。

エントリー人数は32名。

一人の試技にかなり時間がかかる為《ため》、これでも日没までに終わるかはギリギリらしい。そんな中コレットはというと抽選の結果、よりによって32番目の試技者となってしまった。

「今までこんなことなかったのに……」

「そりゃ運極振りだったんだからそうだろうよ。今は違うからな」

ラストまでずっと緊張したままでいなきゃならないと判明した時点で、コレットの顔面はずっと崩壊しっぱなしだ。なんか落書きみたいになってんな。

対照的に、周囲の空気はお祭りムード一色。露店も隙間なく並んでいて、子供たちも大勢出歩きこのイベントを皆心から楽しんでいる。

「あんま気負うなよ？　優勝できなくても大丈夫だってルウェリアさんも言ってただろ。今日は体調崩して店で寝てるけど、夢の中で応援してくれてるさ。『歴史に名を刻め～～～コレット!!』ってな感じで」

「うん……」

覇気がないな。でも実際、コレットにとってしんどい状況ではある。

元々は迷惑をかけたベリアルザ武器商会に助力すべく参加を決めた訳だから、幾らプレッシャーを和らげる為とはいえ当人から『優勝しなくても大丈夫です』と言われてしまうとモチベーションは保ち辛《づら》いよな。じゃあ何の為に出るんだって話だ。

でもシレクス家主催の大会で、しかもそのシレクス家が実家に経済支援を行うと決まってしまった。両親の体裁を守る為に冒険者をやっているコレットにとって、シレクス家に恥を掻《か》かせるのは致命的。つまり今のコレットは『優勝したい』じゃなく『優勝しなきゃ』ってメンタルにならざるを得ない。真面目で責任感が強い人間ほどキツい状況だ。

せめて前向きに優勝を目指せる理由でもあればいいんだけど……

「エントリーナンバー15番、シュナイケルさんが今スタートしました！」

お、ようやく半分近くまで来たか。

試技は人の目の届かないフィールドで行われるから、当然競技者には審判を兼ねた同行者が必要。また、大会を盛り上げる為には見物客を飽きさせない工夫がいる。

そこで導入されたのが実況解説。スタート地点に解説席を設置し、同行者に中継して貰《もら》って解説担当者がトークを繰り広げて場を繋《つな》ぐってスタイルだ。

勿論《もちろん》、この世界にはテレビやネットはないから中継っつっても通信回線を使ったものじゃない。離れた場所にいるソーサラーに自分の声を伝達する【トランスファ】って魔法が使用されている。更に、混沌王《こんとんおう》討伐の時にティシエラが使っていた音声伝達魔法ブルホーンで見物客に実況解説の声が満遍なく伝わっている。

「手元の資料によりますとー……この方はレベル54のソードマスターなんですね。サラサラな金髪と妖艶なタレ目で女性人気が高く、今年行われた冒険者人気投票では7位にランクイン！　あ、でも思ったより低いよね」

「戦っている最中の顔が悪霊に取り憑《つ》かれているみたいって噂《うわさ》だから、それが原因かもしれないわ」

「ティシエラの言うように、彼は戦いの最中にスゴい顔になるって話があるそーです！　中継先のアメリーちゃん、今はどんな感じ？……うん、うん、まだイケメン？　まだギリイケメンだそうでーす。いつまで続くかなー？」

解説を務めているソーサラーギルドの二人、イリスチュアさんとティシエラの息の合ったトークによって大会は大盛況だ。

にしてもティシエラ、よくこんなの引き受けたな……

「あ、そろそろ投擲準備に入るみたいです。シュナイケル選手が選んだ武器は……えっとベリアル……長いから略称でいい？　ベリアルザ武器商会で売ってる天翔黒閃《てんしょうこくせん》の鉄球だそうです！」

「今回の大会に合わせて開発されたモーニングスターだそうよ。ソードマスターなのにプライドもへったくれもないわね」

イリスチュアさんの軽妙な実況解説とティシエラの無粋なツッコミのコントラストがいい感じだ。ずっと聞いていられる。

何よりこの二人、並ぶとホント絵になるんだよな。太陽と月みたいな感じで。

「コレット、一旦宿に戻って休んどけ。出番近くなったら俺が呼びに行くから」

「……」

え？　何そのニコニコ笑顔。どういう感情？

「ねえトモ。怒らないから正直に言って？」

「いや何がさ」

「さっきからず――――っとティシエラさんとそのお隣の可愛《かわい》い子を見て鼻の下伸ばしてるでしょ私がいない方が気兼ねなく近くで見つめられるって思ってるよね気遣ってるフリして私を体《てい》良く退場させたいだけだよねそうだよね」

息継ぎも瞬《まばた》きも全然しねぇ……怖いよー……

「考え過ぎだって。あっ！　終わったみたいだぞ！　次確かアイザックじゃなかったっけ」

「……」

ジト目でジーッと睨《にら》んできやがる。信用ないな俺……

「さあ皆さん、注目の選手がやって来ましたよ！　なんとレベル60！　今やこの街でも指折りの冒険者になったアイザックさんです！」

アイザックの名前がコールされると、観客から奇妙なざわめきが起こった。なんか、あんまり歓迎されてないような雰囲気だな……まあ自分語りが好きなハーレム野郎じゃアンチも多いか。

「彼はレベルが高い割に煽《あお》り耐性がなくてプレッシャーにも弱いって話を聞くわね」

「あ、私もそれ聞いたことあるんだよねー。アイザックさん、そこんとこどーなの？」

おいおい、これから試技に向かおうって選手に随分と遠慮なしだな。まあでも盛り上げる為にはこれくらい踏み込んだトークの方がいいのか。あの二人なら多少の毒舌も許して貰えそうだし。

「確かに、僕には精神的に脆《もろ》いという欠点がありました。でもこの街で鍛えられたことで克服できたと思います。それに今は僕を慕ってくれる仲間もいる」

その返答と同時にアイザックの視線は見物客の先頭に立つ取り巻き三人へと向けられ、口元を緩めながらコクリと頷《うなず》いてみせた。これはもうメロメロですわ。

「できる訳ねーだろお気持ち表明野郎！　オメーは一生そのままだよ！」

「人がそんな簡単に変われっかよ！　言うことがいちいち薄っぺらいんだよ！」

おおう、心ないヤジが次々と。やっぱ嫌われてるんだなアイザック君。どん底から這《は》い上がって栄光を摑《つか》んだ自分に酔ってる感じするもんな。

でも気持ちはわかるなー。俺も長らく底辺警備員だったし。もし今の俺がコレットくらい強くなったら、そりゃもう無抵抗で天狗《てんぐ》ですよ。鼻周り伸び放題ですよ。

「反響が凄《すご》いですねー。見物客の皆さんはああ言ってますけど？」

「見苦しい嫉妬ですね。彼らは僕の人生に何の影響もない他人。空気も同然。撤回はしなくていい。所詮空気の戯言《たわごと》。僕の心には響かない」

「やー、世界一カッコ良いですね。それじゃ張り切ってスタートして下さーい！」

すっげー棒読み。ティシエラに至っては途中で解説放棄してんな。もっとやる気出しなよ。

「試技の前に一つだけいいですか？」

「おーっとまだアピールし足りない模様！　どぞどぞ！」

「今回、冒険者ギルドの仲間でレベル78を誇るコレットさんが参加していることは皆さん御存じだと思います。今まで表に余り出て来なかった彼女がどんなパフォーマンスを見せるのか、僕自身興味があります。是非彼女に大きな声援を送ってあげて下さい」

……おいおい。コレットをプレッシャーで潰す気か？

だとしたら、やり方相当エゲつないな。

「それはライバル宣言と見なしていいんでしょうか？」

「構いません。レベルの差はありますけど、負けるつもりは全くないですから」

あー成程な。コレットを持ち上げて『そんな凄い奴に勝つ俺！』をやりたいだけか。

いい性格してんな。

「なんだか凄い自信ですねー。はーいそれじゃとっとと行って下さーい」

「あ、はい」

アイザックはまだ何か言いたいことがありそうだったけど、イリスチュアさん空気読んだな。

あとティシエラ余所見《よそみ》しないであげて！　見て！　聞いて！　発言して！

「ザックがんばれー！」

「失敗しろクソが！」

取り巻きの激励と野次馬の怒号が入り交じる中、アイザックは若干怪しい足取りで西門から出て行った。

ありゃ相当緊張してんな。身体《からだ》を鍛えて強気な発言をして、弱い心を全力で守ろうとしているのかもしれない。ちょっと応援したくなる。

「あ、はーい！　ここでシュナイケルさんの結果が出ました！　魔王城まで２５７８メロリアの地点まで投げ込んだそうです！　投擲距離は２８０メロリア！　どちらも暫定2位です！」

メロリアってのは、この世界の長さの単位らしい。英雄的冒険者の名前から取ったそうで、彼が両腕を広げた長さが1メロリア。大体2メートルだ。

つまりシュナイケルって人は５６０メートルの投擲を見せたことになる。

天翔黒閃の鉄球の性能が存分に発揮された結果と言えるだろう。

あくまで魔王城までの距離が順位の基準とはいえ、投擲距離が重要なのは言うまでもない。

練習ではコレットもそれくらい出したことはあったけど１００メートルに満たない投擲も多く、全く安定していなかった。

次のアイザックも同じ鉄球を使うし、もっとハイレベルな参加者も出てくるだろう。

コレットは今も天翔黒閃の鉄球を肌身離さず持ち歩いている。少しでも手に馴染《なじ》ませる為に。

それでも……優勝は厳しいかもしれない。

「コレット。一旦郊外に行って最終調整……うわあああああああ!?」

いつの間にかコレットが山羊《やぎ》の悪魔になってる！

何これ闇堕《やみお》ち!?　闇堕ちってこういうことだったたっけ!?

「ほら、さっきアイザックさんが私の名前出してたから。これなら私って周りにバレないでしょ?」

ああバフォメットマスクか。そういやベリアルザ武器商会に置いてたなこんなの。

なんで買うかな……

「ねートモ」

「その顔で名前呼ばれると心臓バクバクするんだけど……なんだよ」

「あんなふうに何人も女の子に囲まれて楽しいのかな?」

アイザックのことを言ってるのか。まあ、ああいうタイプは味方が多いに越したことはないだろうし、その方が精神的にも安定するんじゃないかな。

「楽しそうではあるよな」

「……へー。そうなんだ。へー」

マスク被《かぶ》ってるから表情はわからないけど、山羊の悪魔が真正面から見据えてくるのはマジ怖い。

どういう感情なんだ……?

「やっぱり私、優勝目指す。がんばって優勝して……一番になってやるから」

よくわからないけど、やる気が出たのはいいことだ。

俺もコレットには優勝して欲しいし、それで自信を持って欲しい。

本人には照れ臭くて言えないけど、感謝してるんだ。

異世界転生して舞い上がって、ここが終盤の街とも知らず迂闊《うかつ》にフィールドに出ちゃって、モンスターと遭遇して。

コレットと出会わなきゃ、あそこで第二の人生は終わっていた。

「おう。期待してる」

コレットにはいい人生を送って欲しい。心からそう思う。

「……うん！」

力強い返事だ。大分メンタル持ち直したっぽいな。

これなら悪足掻《わるあが》きしなくてもよさそうだ。

なんてやり取りをしている間にも、競技は……進んでないな。

「ティシエラさーん。さっきから一言も喋《しゃべ》ってないですよー。寝てる？」

「寝てないわ。興味がなかっただけ」

「酷《ひど》っ！　ティシエラってこういうこと平気で言うよねー。だから誤解されることも多くて。でも！　みんな誤解しないであげてね。ティシエラって本当はとっても良い子なんだから！　話しかけ辛い人扱いしないで遠慮なく接してあげて。ティシエラだって本当はそれを望んでるから！」

「望んでないから真に受けてはダメよ。礼儀知らずの輩《やから》には躊躇《ちゅうちょ》なく上級魔法をお見舞いするわ」

「またまたー！　照れちゃってもー」

「照れてもいないわ。捏造《ねつぞう》しないで」

いや本当にどうでもいいこと長々と喋ってるなあの二人！

でも見物客から不満の声は一切あがらない。

アイザックの記録よりも彼女たちの貴重なプライベートトークに興味津々なんだろう。

「あ、でもティシエラ最近仲良くなった男の人いたよね。もしかして付き合ってたりするの？」

――これまでと何ら変わらないトーンで軽快に発せられたイリスチュアさんの爆弾発言に、周囲の空気が一変した。

「おいおいおいおいおい！　ちょっと待ってくれよ！　突然何だよ！　訳がわからないよ！」

「マジかよ!?　嘘《うそ》だろ？　ティシエラさんに恋人!?　嘘だと言ってよイリスチュアさん！」

「えーヤダヤダヤダヤダ！　無理！　ティシエラ様が男と付き合うとか絶対無理！」

大勢の観客が一斉に騒ぎ始めた。

アイドルがコンサート会場で突然恋人の存在を匂わせたらこんな感じになるんだろうか。

野郎連中はともかく、女性からも悲鳴が多数あがっているのは凄いな。百合《ゆり》のカリスマじゃん。

「全く身に覚えがないわ。誰の話をしているの？」

「またまたー。アペルピシア討伐の時に結構話し込んだって言ってたじゃん。あれから何度も会ってるんでしょ？」

……あれ、これって俺のこと？

おいおいマジかよ。あのティシエラと俺が親密だって思われてんの？

いやー参ったな。参った参った。参ったけど悪い気はしないよね。むしろ最高です。

フハハ嘆け一般人ども！　やっかむがいい！　羨ましがるがいい！

まあ完全に事実誤認なんですけどね……一頻《ひとしき》り興奮したら実態と違い過ぎる現実に虚《むな》しさばかりが募ってくる。こういうのも賢者タイムって言うのかな。

「……」

隣のコレットはさっきから一言も発しないな。呆《あき》れ返ってるんだろうか。

「……んー？　あそこにいるのって本人じゃない？　直接インタビューしよっか！」

!?

嘘だろ!?　この人混みの中で見つかるのかよ！

イリスチュア……おそろしい子！

「ねー！　ねーってば！　そこにいるの新顔クンだよねー？　こっち来てお話ししよーよ！」

新顔クン？　知らない人ですね。俺の名は藤井《ふじい》友也《ともや》。たとえ死んでも自分の名前は決して捨てない男。だってそうしないと、この周囲の殺気を全身で受け止めることになるからね。

さっきから小声で『どこのどいつだ殺してやる』とか『ティシエラ様と楽しく会話してる時点で死罪』とか聞こえてくるんだよ……マジ怖い。

誰か、誰か助けてくれ――

「えいっ」

……ん？　なんか急に視界が狭まったような……

あとなんか息苦しい。何が起きた？

「あれ？　この人ってコレットじゃね？」

「いやでも銀髪だぞ。コレットって確か黒髪じゃ……」

「最近銀髪になったんだよ！　間違いねえコレットだ！　レベル78のコレットだぁ――――！」

コレットが顔バレしてる。

ってことは……あいつバフォメットマスク脱いで俺に被せたのか？

「……」

コレットは一瞬だけティシエラと目を合わせて、何も言わず踵《きびす》を返し離れて行った。

流石《さすが》にこの騒ぎじゃここにはいられないか。

決して睨み合った訳じゃない。でも何かしら思うところはありそうだ。特にティシエラはアペルピシア討伐の時にコレットから青天《せいてん》の霹靂《へきれき》食らわされた感あるし。

それに五大ギルド会議に参加した時にも感じたけど、俺が思っていた以上に各ギルドがバチバチやり合っている。

もしかしたらこの二人、俺が思っている以上に――

「……？」

今、視界が一瞬薄暗くなったよな。

あんな突き抜けるような青空だったのに雨雲が出てきたのか？

雨天決行とはいえ、雨が降れば試技にも悪影響が出てくる。生唾を飲みながら空を見上げてみた……けど、特に変わった様子はない。恒星を遮る物は何もない。

既に視界の明度も元に戻っている。

なのに、妙に胸騒ぎがする。

「おい。あれって……」

見物客の一人が天を仰ぎながら、恒星とは関係ない方向を指差した。

何かがいる。

一瞬、鳥だと思った。翼が見えたから。でも鳥とは比べ物にならない大きさで、しかも異様なスピードで旋回している。

――モンスターだ。

聖噴水に守られているアインシュレイル城下町は通常、モンスターが近付くことはない。

それは上空でも同じで、街の上をモンスターが飛んでいる光景なんて一度も見た記憶がない。

なのに今、間違いなく接近を許している。

以前フィールドで見かけた蜘蛛《くも》の顔をした鳥とは違う。あれよりも遥《はる》かにデカい。

鷲《わし》を禍々《まがまが》しくしたような不気味な顔立ち、真っ赤な翼、黄金に輝くクチバシと足。

辛うじて視認できたその姿は直感的に『天空の王』って言葉を想起させる。

アペルピシアにも劣らない威容だ。

「ガルーダだあああああああああああああ!!」

誰かのその叫声が呼び寄せた訳じゃないだろうが、ガルーダと呼ばれた鳥型モンスターはみるみる高度を下げ城下町に近付いてくる。

しかも一体じゃない。

上空に次々と影が現れ、同一体の輪郭を帯びていく。

その数は……到底数え切れない。

「キ――――ッ!!」

耳を劈《つんざ》くようなその鳴き声を合図に、城下町はガルーダの侵入を許してしまった。

第十話　アインシュレイル城下町

地獄絵図。

その光景を表現する言葉は他になかった。

つい数分前までお祭り騒ぎだったアインシュレイル城下町は、瞬く間に戦場と化してしまった。

飛び交う咆哮《ほうこう》。

天高く響き渡る断末魔の声。

皮を切り裂き骨を砕く音。

無残にも飛び散る血と肉片。

思わず耳を塞ぎたくなるような、目を覆いたくなるような惨劇が目の前で繰り広げられている。

息を呑《の》む暇もない。

次から次に起こる無慈悲な殺戮劇《さつりくげき》を前に、俺は嗚咽《おえつ》を漏らしたくなる衝動に駆られてしまう。

どうして……こんなことになってしまったんだ？

一体なんで——

「ヒャッホゥウゥウゥウゥ!!　久々のモンスター狩りだ！　アガるアガる！　たまんねェなオイ!!」

「なんだなんだ？　数ばっか多くて全然大したことねぇじゃねーか！　もっと楽しませろよ!!」

「今日は焼き鳥パーティーよォ！　みんな程よく火を通してあげるからァ！　イッヒッヒッヒ!!」

なんでこの街の住民はこんな奴《やつ》らばっかりなんだよ！

いや、わかってるんだ頭では。

終盤の街だから。終盤の街だからここは。来る奴来る奴バケモノ揃《ぞろ》いだし、戦闘に特化した人生を送ってきたもんだから引退してからも継続して鍛えてるような連中ばかり。

その辺を歩いているモブ顔の通行人がレジェンドだったりするんだ、この街は。

にしたって……これは酷《ひど》い。

意気揚々と街を襲いに飛んで来た何十体ものガルーダさんたちが、明らかに現役冒険者でもソーサラーでもない私服の中高年たちに斬られるわ刺されるわ潰されるわ燃やされるわ……もう戦闘っつーか一方的な虐殺と言うしかないほど惨《むご》たらしい蹂躙《じゅうりん》だ。

つーか余りにグロい。ガンギマリの目で羽を引き千切り腸を引き摺《ず》り出してるあの人、確かさっきティシエラの件で俺にキレてた人だよ……俺も一歩間違えてたらあんな目に遭わされてたのか？

「死ね死ね死ね死ね死ね死ね死ね死ね死ね死ね死ね死ね死ねモンスターみんな死ね!!」

「ガルーダ如《ごと》きが調子乗ってんじゃねぇぞコラァ！　クチん中に腕突っ込んで【スウェルブラスト】ぶっ放すぞぉ？」

スウェルブラストって……あ、爆破系の魔法か。しかも明らかに上級の。

そんなのをさぁ……昨日パン屋で見かけたフツーの主婦が使っているこの状況。

もう訳がわからないよ。ゾンビ夜行の時よりも更に異常な光景だ。

まあでも、流石《さすが》に全住民が強いって訳じゃない。それに数が数だから被害も普通に出ている。

半壊、全壊している建物も一つや二つじゃない。モンスターの襲来に怯《おび》えパニック状態になっている人たちも大勢いる。

とはいえパッと見た限りじゃ死者は出ていないっぽい。迎撃が早かったもんな……見物客が一斉にパンプアップして邪悪な笑みを浮かべた瞬間は戦慄が走ったよね。

なんか口から光線出してるオッサンもいたし。あれ固有スキルなんだろうか。人類辞めてんな。

この街に自警団がなく、警備兵も配置されていない理由がよくわかった。

有事の際にはこれだけの対応が――

「うひゃひゃひゃひゃひゃ!! 本当の地獄を教えてやる!! うひゃひゃひゃ!! おヌシらワシの現役時分に来なくてよかったな!! うひゃひゃうひゃひゃひゃひゃひゃひゃひゃひゃひゃひゃひゃひゃひゃひゃひゃひゃひゃ!!」

……まあ、警備や守護っていうよりほとんど戦闘狂どもの自己解放って感じだけど。

もしかしてこの街、現役時代バーサーカーだった人が多いのか……?

一体どのツラ下げて暗黒武器に拒否反応示してるんだ。お前らみんなお似合いだよ。

そんな面々が好き勝手暴れてる状況だから、ガルーダ討伐自体は捗《はかど》ってるけど統率は全く取れていない。住民の退避を適切に誘導する人もいないし、至る所で混雑が起きている。

だったら、俺にできることはある。

さっきここを離れて行ったコレットの姿はもう何処《どこ》にもない。

ティシエラもいなくなってるし、各々のギルドへ合流しに向かったんだろう。

だったら……

「イリスチュアさん！」

「え……ぎゃ――っ！　バケモノ――っ！」

あ。マスクしたままだった。外さないと。

「違う違う。俺俺」

「新顔クン!?　こんな所にいないで早く避難――」

「さっきの魔法で呼びかけて！　子供最優先！　子供を安全な場所に避難させないと！」

「あ……」

今回のイベントはお祭りの要素が濃い。

子供も沢山出歩いている。何より優先すべきは彼らの命だ。

こんなのは誰でもわかってる筈《はず》なんだけど、全く予期していなかったモンスター襲来という出来事に翻弄されて街全体がハイな状態になっている。これじゃ守れるものも守れない。

「うん、わかった！　他に気付いたことあるかな？」

「明らかに余剰戦力になっているエリアと手薄になっているエリアがあるから効率重視で！　それ

と多分武器が足りなくなるから武器屋に店の開放を呼びかけて！」

「了解！　ブルホーンでみんなに伝えるね！」

よし、これで多少は改善される筈だ。

俺みたいな何の信頼も得ていない新参者の言うことをこの街の住民が聞いてくれるとも思えない。

魔法抜きでもイリスチュアさんの方が伝達係には相応《ふさわ》しい。

14年、警備員として勤めてきた。

それでも、いざこうして大規模な警備や交通誘導が必要な事態に見舞われている中、大したことは何もできない。一言二言の助言が精一杯だ。

生まれ変わって違う自分になったところで、すぐにヒーローになれる訳じゃない。

これが俺の現実。そして異世界転生の現実なんだろう。

自分でも不思議だ。それでも俺は、街の中心部に向かって走り続けている。一刻も早く退避して助かりたい、死にたくないって気持ちが微塵《みじん》も湧いてこない。ビビッてすらいない。

一度死んだ所為《せい》で感覚が麻痺《まひ》してんのかな。それともこの身体《からだ》を未《いま》だに自分と認識してないのか。

何処か他人事《ひとごと》のように思っちゃってるのか、やけに頭の中は冷静だ。

この状況下で次にすべきことも思い浮かんでいる。

ベリアルザ武器商会の二人が無事かどうかの確認だ。

ガルーダの襲撃は城下町内の何処か特定のエリアを狙ってのものじゃない。完全に無差別だ。

ベリアルザ武器商会はここから大分離れた場所にあるけど、襲われない保証なんて何処にもない。

城下町のロードマップを網羅している訳じゃないけど、この辺りは冒険者ギルドや拠点の宿が近いこともあって一通りの道は頭に入ってる。

表通りを進むよりも路地裏を抜けていった方が確実に近い。

確か……ここだ！　この路地裏を突っ切れば一気に短縮――

「おーい！」

……なんだ？　こんな緊迫した状況でやけに緊張感のない声が聞こえる。

路地裏には俺以外誰もいない。

前も後ろも人影なんて見当たらないってのに、一体何処から……

「こっちだこっちー！」

まさか……上？

慌てて見上げると、そいつは建物の二階くらいの位置で壁にくっつき、こっちを見下ろしながらニヤついていた。

俺にとっては、まさに因縁の相手。こんな所で出くわすとはな。

ふぅ……

見なかったことにしよう。今はそれどころじゃない。

「あれ!?　なんで無視すんの!?　我だよ我!?　お前、我にコケにされたの覚えてないの!?」

覚えてるけどメスガキに構っている暇なんかあるかよ。ＴＰＯを死語にしてんじゃねーぞ。

「無ー視ーすーんーなー！　このままだとこの街滅びるぞ！」

「……火事場ドロボーが街の心配してんの？」

「誰が火事場ドロボーだボケ！　この混乱に乗じて盗みに来たんじゃねーよ！」

「違うのか。だったら怪盗がこんな所で何してんだ？」

切羽詰まった状況なんだから、完全に無視して先に進むべきかもしれない。でも『滅びる』という言葉には足を止めざるを得ない苛烈さを感じずにはいられなかった。

「予告状にも書いただろ？　我はこの街を愛してるの。あの武器屋は景観を損ねてるから嫌いだけど、他の店や建物は大体お気に入りだから」

「だったらなんで盗みなんてすんのさ」

「バーカ。我の好きなアインシュレイル城下町であって欲しいからに決まってるだろ」

何がバーカなのか全然わからないんだけど……どういう理屈？

「予告状を出されたら、盗まれないよう自衛するだろ？　空気もピリッてする。それだよ我が求めているモノは」

要は緊張感ってことか。確かに魔王は倒せないしその方法も見つからない、でも聖噴水があるから滅びる心配もないってんで空気が弛《ゆる》んでる感じはあった。

もし警備専門の組織があれば、今日だってもう少し統率の取れた防衛ができている筈。

圧倒的猛者の住民がひしめいてるから要らないって理屈もわからなくはないけど……

「我の訴えに説得力を持たせる為《ため》に、一ついいことを教えてやる」

偉そうな口調で上から物を言う怪盗メアロが軽やかに飛び降りてくる。

着地の音すらしない。

「これだけ城下町が襲撃されたら、当然すぐ近くにある王城にも被害が及ぶ。普通ならな。でも我が高所から見てみた限りでは、城が襲われている様子は一切ない」

あ、そうか。ティシエラが即座に姿を消したのは王城の状況を確認しに行く為だったのか。

遠方の様子を調べる魔法とかあるだろうし。

王城が無事な理由は想像に難くない。恐らく——

「城にも聖噴水があって、そっちは無事なんだな？」

「正解。ってことは、この街の聖噴水に異常が生じている。シンプルな理屈だな」

つまり、聖噴水を正常化させないとモンスターの襲撃は止まらない。

被害を最小限に食い止めるだけじゃジリ貧だ。

「聖噴水に問題が生じるケースは極めて稀《まれ》だ。この街に限らずな。だから異常が起こった時にどうするかってノウハウは全くない。このままじゃ確実に長引くぞ」

「……どうすりゃいいんだよ」

「さあな。我も直し方なんて知らんし。お前がなんとかしろ」

俺？

いや俺に何ができるってんだよ。まだ住民になって一ヶ月程度だぞ？

頼む相手を間違えてるだろ。

……頼む？

そうだよ。なんでコイツがわざわざ俺に頼むんだ？

俺にしかできない、ってことなんじゃないのか……？

「怪盗はな、盗みに入る所の情報をこれでもかってくらい入念に調べるんだよ。じゃないと予告状に書くネタに困るだろ？」

「セキュリティ面の調査じゃないのかよ」

「我にかかれば警備体制なんて関係ねーからな。そういう訳だから当然、あのヤベー武器屋のことも調べた。新商品がどうやって作られたのかもな」

「……そういうことか」

「これは賭けだ。分の良い賭けでもねーけど、他にこれって策もないだろ？」

ニヤリと笑う怪盗メアロに返事をしないまま、気付けば駆け出していた。

ここからならベリアルザ武器商会よりも聖噴水の方が近い。聖噴水は街の中央部にあるから大して遠回りにもならない。

怪盗メアロが言っていたのは俺の【ステータス操作】のことだ。

これを聖噴水に使ってみると、そう暗に訴えていた。

確かに可能性が高いとは言えない。正常化できるとすれば、それは聖噴水のトラブルの原因がステータス異常だった場合。聖噴水にステータスが存在するかどうかすら怪しいけど、現状で瞬時に試せることなんてこれくらいだ。

遠くの方から魔法と思《おぼ》しき大きな爆発音が聞こえる。

ガルーダとの戦いはまだまだ続いているらしい。

コレットはどうしてるだろうか。今のあいつは投擲《とうてき》用にカスタマイズしたステータスだからモンスターとの戦いには向いていない。

生命力は低めに設定してあるから、もし不意打ちを食らったら……

「……あ」

そんな不吉なことを考えていると、いつの間にか聖噴水が視界に入る所まで来ていた。

周囲には誰もいない。ガルーダは恐らく人が多く集まっている場所を襲っているんだろう。

『魔王に届け』の見物で西門近くに集中している分、この辺は閑散としている。

聖噴水は……特にいつもと違う所は見当たらない。

水も濁ってないし減ってもいない。破損している箇所もない。

やってみるか。

水と建造物の両方に触れた状態で……

「昨日の状態に戻れ」

……特に変化は感じられない。

やっぱり無理だったか――

「キィ――――――!!」

なんだなんだ!?

鼓膜が押し潰されそうなくらいの絶叫。それも色んな方向から。

これってガルーダの悲鳴……だよな?

空を見上げると、低空飛行で襲撃場所を探っていたガルーダどもが上へ上へと逃げるように飛び回っている。これってつまり、聖噴水の効果が復活した……ってことだよな?

マジかよ。なんなんだこのスキル。対象範囲ガバガバ過ぎやしないか?

『20代から30代もしくは40代から50代の犯行』に通じるものがあるな。

何にしても、これで新たな襲撃はなくなる筈。まだ地上で暴れているガルーダたちも、さっきの奴らのように聖噴水を嫌がって街の外へ逃げていくだろう。

よかった――

「あの、もしかしてコレットさんの……」

「!」

今の声は……コレットのファンのユマちゃん!?

もしかして聖噴水に【ステータス操作】を使ってる所を見られた……？

マズい。何がマズいって、聖噴水を操作できることがバレちゃったら俺が聖噴水を無効化した犯人だと誤解されかねない。だって実際、やろうと思えばできるんだもん。

例えば『モンスターが入って来られるステータスに変更』って言いながら使用すりゃいい訳だし。

聖噴水を操作できる人間が他にいなけりゃ俺は有力な容疑者だ。

この子が今見たことを周りの大人に喋《しゃべ》っちゃったら疑う奴も出て来るだろう。

かといって『黙ってて下さい』って頼むのも不自然過ぎる。

どうすれば……

「コレットさんのお連れの人なら強いですよね！　助けに行ってあげて下さい！　私、見てるだけで何もできなくて……同じ武器屋の娘で仲良くして貰《もら》ってたのに……」

「……え？」

「ルウェリアちゃんを助けて下さい！　ベリアルザ武器商会が大変なんです！」

嫌疑云々《うんぬん》を論じる状況では、最早《もはや》なかった。

◆　◆　◆

「はぁっ……はぁっ……」

肺から空気が全部抜けたんじゃないかってくらい走って走って、どうにか辿《たど》り着いたその先に待っていたのは――

「ヘッ……しつこいヤローだなこの鳥野郎……」

「キィ――――ッ！」

自分の武器屋の前で、ブラッドスピアを構えガルーダと対峙《たいじ》している御主人の姿だった。

自分の数倍もある巨体のモンスターを前に、全く怯《ひる》む様子もない。御主人もまた、この終盤の街の住民ってことらしい。

とはいえ明らかに流血しているし息も絶え絶えだ。

ブラッドスピアって武器は使用者の血を奪う代わりに高い攻撃力を発揮するらしい。

しかもコク深め。御主人の消耗具合はかなりのものだろう。

「御主人！」

「あ？　おぉ……トモか。まさか来てくれるとはなぁ……人助けはしとくもんだ」

聖噴水は正常化しているから、ガルーダは放っておけば勝手に逃げる。

でも敵意を向けている間は恐らく逃げないだろう。

ただ、それを説明して納得させる時間はない。

「悪《わり》ぃが娘を……ルウェリアを連れて逃げてくれ……中に……いる……」

声が弱々しい。瞼《まぶた》も閉じかけている。御主人の意識はもう途絶える寸前だ。

御主人が気を失えばガルーダは逃げるか？

いや、安易に楽観視すべきじゃない。

店を壊されたら中にいるルウェリアさんも無事じゃ済まないんだ。

ガルーダはこっちに目もくれず御主人と睨《にら》み合っている。

俺は弱すぎて警戒する価値もないらしい。おかげで自由に動ける。

「御主人！　もう少しだけ粘って下さい！」

「おう……任せろ……」

遠回りにガルーダを迂回《うかい》して御主人の背後に回り、店の中に入る。

相変わらず中は暗黒武器が並んでいて気味が悪い。この禍々《まがまが》しさがガルーダを呼び寄せちまったんじゃないかと本気で思うくらいに。

とにかく、奥で寝ているルウェリアさんを運び出さなきゃ――

「グルルルルルルルルルルルルルルルァァァァァ!!」

ヤバい！　明らかにさっきまでと鳴き声が違う！

トドメを刺そうとしてるのか？　若しくは聖噴水の効果に耐えきれなくなったか。

どっちにしろ暴れようとしている声なのは間違いない。奥に向かう余裕すらないぞこりゃ。

こうなったら俺も戦うしかないか……？

正直、戦力になれるかどうかはかなり怪しい。ただ俺には、今まで敢《あ》えて試してこなかった最終兵器がある。

【ステータス操作】の他害運用だ。

これまで俺は、このスキルをコレットのステータス調整や武器にのみ使用してきた。

つまり自軍の効率化・改善だけが目的だった。

でもこの【ステータス操作】はそれだけの利用価値に留《とど》まらない。

敵の弱体化にも使用できる。

それも単なるデバフじゃない。究極のデバフだ。

例えば敵に触れて「運極振り」と言うだけで、どんな強敵でも戦闘力がほぼ皆無になる。

魔法防御やステータス異常の耐性を強化する抵抗力に偏らせてもいい。魔法の使えない俺にとって抵抗力の値は何の影響も及ぼさないからな。

当然モンスターにも有効な筈だ。

とはいえ、あのガルーダに触れるのは一瞬でもかなり厳しい。

御主人も虫の息だし……捨て身で突っ込むしかないか？

迷ってる暇はない。

覚悟を決めろ。俺はもう冒険者じゃないから冒険はしないけど——身内を襲うモンスターとは戦わなきゃな！

「行くぞ鳥コラァ!!」

売り場に並んでいた魔除《まよ》けの蛇骨剣を2本拝借し、今にも御主人に襲いかかろうとしているガルーダ目掛けその内の一本を投げる。

この剣は【ステータス操作】で運や抵抗力に偏らせてある。

武器としての攻撃力はあってないようなもの。

そして――

「グルルルルァ!?」

耐久力も皆無。

巨大な羽で防御された蛇骨剣は一瞬で粉々になり、細かい破片となってガルーダの全身に降り注いだ。

破片が目にでも入ってくれれば最高だけど、そこまでは望んでいない。

目眩《めくら》ましになればそれで十分。

後はその隙に接近して――

「カァ――――ッ!!」

「……!」

コイツ……炎を吐くのかよ!

でもその攻撃は、俺にとってこの上なく幸運だった。

他の物理的な攻撃だったら間違いなくやられていた。

でも炎なら――この魔除けの蛇骨剣で防げる！

「グルルルルルルルルァァ!!」

「うおおおおおおおおおお!!」

後はもうスピード勝負だ。

俺が奴に触れるのが先か、奴の再攻撃が先か。

タイミングは……恐らく同時。

無力化と引き替えに俺の身体が引き裂かれる。そんなヴィジョンが脳内に浮かぶ。

それでいい。限りなく弱体化すれば店を壊すことさえできず逃げていくだろう。

ルウェリアさんも、御主人も助かる。

一度は失った命だ。それで二人も助けられるなんて最高じゃねーか。

相打ち上等。このまま突っ込んで……

「……？」

なんだ？　ガルーダの動きが止まった。気が逸《そ》れている。

目線が俺じゃなく後ろの方に……

「『我関せず』が大原則だが、今回は特別だ」

いや、何だって構いやしない。例えばそれが――

「相も変わらず屋根まで煤《すす》けた武器屋だな。掃除するよう伝えとけ。この店のお姫様に」

憎き怪盗の気まぐれな助力だろうと。

ガルーダの足に触れる。巨木のような手触りだ。

「抵抗力全振り」

よし！

やった。これで全員助かる……

……詠唱？

「——神威の閃《ひらめ》きをもって殲滅《せんめつ》せよ。【サンダーフォール】」

それが何を意味するのかはすぐにわかった。誰が駆けつけてくれたのか。どんな想《おも》いでその一撃を見舞ったのか。

何故《なぜ》なら彼女は、この店を誰よりも愛しているから。

でもティシエラ、余りにも間が悪いな。よりにもよってガルーダの抵抗力を最大値にした直後だよ。効く訳ない。

そして俺はというと——

「へ？」

棒立ちになったところでガルーダに服を咥《くわ》えられ、そのまま空中に放り投げられてしまった。

なんてこった。これじゃ攻撃力が最低値になったところで関係ない。

地面に叩《たた》き付けられてジ・エンドだ。

「トモ!?」

ティシエラが俺を呼ぶその声が聞こえた次の瞬間、それは現実となった。

……痛みはない。

で、この意識が薄れていく感覚。覚えてるよ、ハッキリと。

どうやら俺はまた死ぬらしい。しかも再び間抜けな死に方で。

でもまあ、悔いはない。むしろ達成感さえある。

魔法で倒せなくてもガルーダは無力化してあるし、聖噴水も復活してるから勝手に逃げてくれるだろう。

結末はどうあれ、ルウェリアさんと御主人は助かったんだ。上出来じゃないか。

これ以上何を望む?

転生して良かった。いい最期だった。

ありがとう——


「やりまシた！　ツイに重傷者発見デス！　っていうかこれ、放ってオイたら死ぬんジャないデスかね！　蘇生《そせい》魔法を使えるかもデス！」

……なんだ？　誰かのけたたましい声が聞こえる気がする。

あのさあ。邪魔するの止《や》めてくれる？　こっちは今ね、人生のエンドロールを満喫中なんですよ。

「でも万が一死ぬまで放置シてるのを第三者に見られたらメデオ様に怒られますね。それはダメって言われてますもんね。ここは妥協シて【ヒーリングプレミアム】で手を打ちます！　あ、請求書ここにオイとキますねー」

一瞬、身体全体が奇妙な浮遊感に包まれた気がした。
なんだったんだ全く。せっかく人が気持ち良く死のうとしてる時に。
あ、そっか。浮遊感ってことはこれから天国に——

「トモ」

……今のはティシエラの声か？　やけにハッキリ聞こえたな。
あれ。瞼が動く。呼吸もできるぞ。身体も動く。しかも全然問題なく。
思わず反射的に上体を起こしてしまった。っていうか、起こせた。
思いっきり地面に叩き付けられて死んだ筈なのに。
……ん？　なんか落ちてる。

【請求書】
請求日　　　春期遠月47日
お支払期限　冬期近月30日

トモ様
下記の通りご請求申し上げます
ご請求金額　　　　　　　　149000000G
品目
回復料（ヒーリングプレミアム）　49000000G
緊急加算　　　　　　　　　100000000G
支払先　ヒーラーギルド　ラヴィヴィオ
※請求書明細をご確認の上、期日までにお支払い下さい
※ご連絡のないまま期日までにお支払い頂けない場合には、残念ですが地獄に落とします

「今まさに地獄なんだけど!!」

知らない間に1億4900万円の借金ができました。

……悪夢だ。噂《うわさ》には聞いてたけどマジで回復料って存在すんのか。こんな形で実感するとは……

だからってたった一回の回復で億はないだろ億は！　ダークヒーロー的な医者が悪の組織相手に請求する額だろ！

「ごめんなさい。あのまま放置すれば死ぬかもしれなかったから黙認するしかなかったの」

「ティシエラが謝ることじゃないよ。悪いのは油断した俺なんだし」

強がってはみたものの、上手には笑えてないだろうな。

さっきのガルーダの姿はもうない。イタチの最後《さいご》っ屁《ぺ》みたいなことしやがって……

「ヒーラーのお世話になると後々面倒よ。取り立てもしつこいし、万が一期限を過ぎても支払えなかったら本当に地獄を見るわ」

「……後学の為に教えて欲しいんだけど、地獄ってどんな感じ？」

「蘇生魔法を使える連中が本気で拷問を考案した場合、どんなやり口になるか想像できない訳じゃないでしょう？」

はい想像できました。

散々痛めつけて蘇生させてまた痛めつける無限ループの完成ですね。最悪です。

はぁ……今は考えないようにしよ。

「おう」

「御主人。大丈夫なんですか？」

「ああ。お前のおかげで俺もルウェリアも死なずに済んだ。店も無事だ」

御主人の腕に抱かれ、ルウェリアさんはすやすや眠っている。

こんな大騒動があったってのに。大物だな。

「これで御恩は返せましたかね」

「むしろこっちに借りができちまったよ。借金は気の毒だが、俺らもできる限り協力すっから気をしっかり持てよ」

将来への不安が脳裏を過《よ》ぎってしんどいっす。

けど、今は先のことを考えてる場合じゃない。まだ終わってないんだから。

「……」

目覚めてすぐ、武器屋の屋根が目に入った。

そこには怪盗メアロらしき人物が胡座《あぐら》をかいて座っている。

奴は口元を緩めながら、親指で天を指していた。

「とりあえず、アレをどうにかしないとな」

「ええ……そうね」

あれだけの数のガルーダが一斉にいなくなったというのに、城下町はずっと日陰のまま。

その要因は余りに明白だ。

空を見上げれば、何が恒星の光を遮っているのか一目瞭然なんだから。

――ドラゴンだ。

◆　◆　◆

終盤の街の住民にとって、ドラゴン型のモンスターは決して珍しくはないという。何なら一度も遭遇したことない人の方が少ないそうだ。

けど当然、中には特別なドラゴンもいる。希少種、或《あ》いは上位種といったエリート連中もそうだろうし、ドラゴンの王なんてのも存在するかもしれない。

でも今回はそれらとは違うタイプのレアものらしい。

全身を黄金のオーラで包んだ巨大ドラゴン。

そいつが今、アインシュレイル城下町の上空で翼を広げて浮かんでいる。

「ティシエラ！」

ベリアルザ武器商会から表通りまで移動したところで、イリスチュアさんと遭遇。

周囲にはガルーダの死体が幾つか横たわっている一方で、怪我人《けがにん》と思しき住民も数名ほど腰を落としている。

幾ら猛者揃いの街といえど流石に全員無傷って訳にはいかなかったらしい。

「状況は？」

「生き残ってたガルーダはみんな逃げたみたい。聖噴水の効果が回復したのかな」

「恐らくそうでしょうね。でも……」

「うん。あいつだけは逃げないで、ずーっと城下町の様子を窺《うかが》ってるね」

にしてもデカいドラゴンだな。生前俺が住んでた４階建てアパートよりも大きい。

以前フィールドで見かけたゴールドドラゴンとは比較にならない。

でも……なんかあのゴールドドラゴンとちょっと似てるんだよな。顔に面影がある気がする。

「あんなドラゴン、モンスター図鑑でも見たことないんだけど……ティシエラはどう？」

「少なくとも記憶にはないわね。ドラゴン型のモンスターはほとんど把握している筈なのだけれど。あり得るとすれば……災異覚醒《さいいかくせい》かしら」

「災異覚醒？」

「モンスターが極稀に起こす突然変異よ。体内のマギに常軌を逸した刺激を受けて死亡したモンスターが異常再生によって蘇生、しかも遥《はる》かに強くなって覚醒した姿と言われているわ」

常軌を逸した刺激を受けて死亡——

そのティシエラの言葉が、俺の脳裏にあの光景を蘇《よみがえ》らせた。

「……だったら多分、ゴールドドラゴンが災異覚醒したんだと思う」

「顔色が悪いわよ？　ヒール酔いかしら」

そんなんあるのか。

でもこれは違う。グロ酔いだ。

「俺がこの街に来た直後、フィールド上でゴールドドラゴンと遭遇したんだけど、その時にコレットがそいつを瞬殺したんだよ」

「そう。だったら間違いなさそうね」

ティシエラのクールな目が険しさを増す。

そこにあるのは、アペルピシア戦以上の危機感だ。

「あのオーラから漂ってくる高濃度のマギが、最強クラスのドラゴンだと鬱陶しいほど訴えてきているわ。ゴールドエクスペリエンスドラゴンとでも名付けましょうか」

……前々から思ってたけど、この人のセンスってちょっと方向性がアレだよな。まず長《なげ》ぇよ。

「で、あのゴエドラにはなんで聖噴水が効いてないんだ？」

「妙な略し方しないで。恐らくコレットに倒された時に聖属性への強い耐性ができたんじゃないかしら」

成程。近付けはするけど街に侵入できるほど完全な耐性じゃないって感じか。

確かに納得だ。

「とはいえ、このまま街の上空にいられるのも厄介ね。住民が緊張したまま一夜を過ごさなければいけなくなるわ」

「こんな事態になっても、この国の軍隊って動かないの？」

「仮に動いたとしても、あれだけの高度にいる以上は私たちソーサラー以外には何もできないわよ」

確かにそうかもしれないけど……幾らなんでも放置し過ぎだろ。

自分たちに被害が及ばないから国民はどうなってもいいってスタンスなのか？

「この街と王城には、短時間では説明できないくらいの事情があるの。だからそれ以上の邪推は止めなさい」

こっちの考えはお見通しか。実際、そんなことに時間を使っている余裕はない。

「どうしよっかティシエラ。私たちだけでどうにかできると思う？」

「難しいわね。ゴールドドラゴンの災異覚醒種となるとレベル60台の冒険者数人がかりでも分が悪いくらいの強敵でしょうし、仮に倒せてもあの巨体が街中に墜落してきたら一大事よ」

確かに現状では仕掛けるリスクの方が大きい。今のところは攻撃してくる気配もないけど、もしこっちから仕掛けたら反撃してくる恐れもある。

不用意に攻撃するのは危険だ。

だけど、このまま放置しても何も解決しない。非戦闘員の住民、特に子供たちはずっと怯え続けるハメになる。ガルーダの襲撃で街の至る所が破壊されているのに、その復興もままならない。

「……ガルーダにしろあのドラゴンにしろ、どうやって聖噴水の効果が消失していると気付いたんだろ」

「気付いたのはゴールドエクスペリエンスドラゴンでしょうね。聖属性を得たのなら、聖なる力の存在を感覚的に察知できる筈」

「だったらガルーダの襲撃はドラゴンがけしかけたのか？」

「そういうことになるわね」

だとしたら……その行動はアペルピシアと似ている。

奴も格下のモンスターを使ってこっちの戦力を削ってきた。

それだけの知能があるのなら何か目的があって、このアインシュレイル城下町を上空からじっと観察している気がする。

まさか……復讐《ふくしゅう》か？

「イリスチュアさん！」

「イリスでいいよ。何？」

「コレットを知らないかな。はぐれてからずっと見てないんだけど」

「えっと……さっきまで子供たちを避難させてたから、避難所にいるんじゃないかな」

「ありがとう！　ドラゴンへの攻撃は保留で！　上空を注視しといて！」

根拠も告げずに駆け出す。もう一刻の猶予もない。

「なんだよあの神々しいドラゴン……ヤベぇんじゃねぇか？」

「オレは30年この街にいるが、断言するぜ。今まで見たどのドラゴンよりも強いな」

ガルーダ相手にあれだけ破壊衝動を撒《ま》き散らしていた住民らも、あの別格感漂うドラゴンに対しては戸惑いを隠せずにいる。猛者は敵の強さを正確に量る術《すべ》にも長《た》けているんだろう。

あのドラゴンは多分コレットを標的にしている。

だからコレットが何処にいるのかを捜しているんだ。

先にガルーダをけしかけたのも、コレットが迎撃しに出てくると思ったからだろう。

でもコレットは子供らの避難と避難所の警備を優先した。

だから見つけきれず様子を窺っているんだ。

だとしたら、もしコレットが避難所から外に出てきたら――

「あれ？　トモ？」

……遅かった。既に外に出てやがった。

ドラゴンさんは……うーわ、こっち見てますね。完全に気付いてますねコレ。

もう逃げも隠れもできない。

「ねえトモ。あのドラゴンって……」

「ああ。前に誰かさんが細切れにしたゴールドドラゴンの生まれ変わりだ」

「やっぱり……」

コレットも気付いてたのか。なら余計な説明は不要だろう。

「奴がこの城下町に来た原因は俺たちだ。俺たちで決着を付けよう」

「でも、あんな大きなドラゴンをどうやって……」

「決まってるだろ？」

コレットが今も手にしている天翔《てんしょう》黒閃《こくせん》の鉄球。まずはこれを――

「粉砕骨折の鉄球に戻れ」

これで飛距離重視のステータスから通常の攻撃力に戻った。

続いてコレット自身のステータスも攻撃重視に変更。ただし投擲はパワーだけじゃダメだ。

「攻撃力5割、敏捷性《びんしょうせい》と器用さ2割ずつ、1割を残りに配分」

細かい計算をしている暇はない。でも、投擲に最適なステータスはこれまで何度も検討してきた。自分を信じろ。これが破壊力を生むベストの配分だ。

「大会は多分打ち切りだ。どうせ記録なしで終わるのなら、ここであのドラゴン目掛けて思いっきりぶん投げてやれ」

「でも、そんなことしたら落下した鉄球で事故が……」

「大丈夫。ティシエラたちが何とかしてくれる」

正直、気休め程度でしかない。俺の去り際のメッセージをティシエラたちが律儀に聞き入れている保証なんて何処にもないんだから。

でも今は他に方法がない。あのドラゴンを倒して街の被害を最小限に食い止める為には、コレットに強烈なやつを食らわして貰う以外にないんだ。

「できるよな？　コレット」

「……私に期待してくれてるんだよね？」

その返事は想定してなかったな。

練習ではミスも目立った。すっぽ抜けて真上に飛んでいくこともあった。ステータスを最適化した後も安定はしなかった。

「どうだろうな。期待半分、不安半分くらいかもな」

「もーっ！　こんな時くらい気持ち良い返事ちょうだいよ！」

「別にいいだろ？　失敗したらコレットの希望通りになるんだから」

「……？」

コレットを視界に収めたドラゴンは、ついに念願の相手を見つけた歓喜と惨殺された憎悪で黄金のオーラを更に漲《みなぎ》らせ、猛烈な勢いで下降してきた。

「このままドラゴンに襲われたら、真っ先に死ぬのは俺たちだ。そうだろ？」


『だから、一緒に死んでくれる？』


思えば初対面時から寂しい奴だったな。見ず知らずの他人にこんなこと言うか？

そんなに一人が……孤独が嫌だったのか。

気持ちはわかるよ。俺は一人で死んでいったから。

誰にも期待されず、誰にも必要とされず、何もない人生をたった一人で終わらせたから。

あの孤独を知っているから。

「一緒に死んでやるよ」

コレットの背中をバシンと叩いて離れる。それが合図だった。

「やだ！　まだ死にたくない！」

随分と身勝手な返事を叫び、コレットはその場で回転を始めた。

美しい銀髪が靡《なび》き、地面が抉《えぐ》れ煙が出て来るほど猛烈な勢いで回り、鉄球と遠心力が生み出す風が唸《うな》りを上げる。

「いっけえええええええええええええええええ!!」

そして次の瞬間。

異次元のエネルギーを内包した漆黒の鉄球が、目前に迫っていたドラゴンの胸辺りにめり込んで戦意喪失、そのまま逃走——

それがベストのシナリオだった。一番被害が少なくて済むからな。

けれど、そうはならなかった。俺の見通しが甘かった。

それを思い知ったのは、奴が天翔黒閃の鉄球の直撃を受けた瞬間だった。

「ゲ——」

ティシエラやこの終盤の街の住民に最強クラスのドラゴンだと言わしめたあのゴールドエクスペリエンスドラゴンは断末魔の叫びすら許されず、原形を留めないほど粉々になって消し飛び、それでも鉄球は全く勢いを失わず空の彼方《かなた》へと消えていった。

「そうはならんだろ……」

ドラゴンを貫いて尚《なお》、練習とは比較にならない飛距離。

でもコレットに限って手を抜いていた訳じゃないんだろうな。気持ちが入ったら爆発的な力を発揮するタイプなんだ。

城下町に降り注ぐドラゴンの肉塊。

逃げ惑う住民。飛び交う悲鳴。

避難所から顔を出していた子供らはそんな光景を迫真顔で眺めていた。

そして、その中心にいるのはコレットだ。

街中でガルーダを嬉々《きき》として狩っていたバーサーカーもどきの住民連中も、冒険者やソーサラーの面々も、長い銀髪を振り乱して最強クラスのドラゴンを一撃で粉砕したコレットに畏敬の念を抱いている。ドラゴンの光り輝く肉片のシャワーを浴びながら。

まるで神話のような光景。なのに感動は微塵もない。

過去に何度も同じことを思った。でも今日が一番しっくりくる。

……俺は今、何を見せられているんだ?

「あれがワンパン聖騎士の真の力……やはり暴力。暴力は全てを解決する」

「ああ。オレたちは間違ってなかったんだ。ワンパン聖騎士万歳！　ワンパン万歳！」

あれだけ『レベル78としか見られない』と嘆いていたコレットが、今やワンパンの方ばかりイジられる始末。このままじゃバーサーカーどもの教祖にされちまうな。

「コレット」

「トモ。私……」

俺は大仕事を終え放心状態のコレットの肩に手を置き――

「引退してくれ。もうこんなグロい光景は見たくないんだ」

「なんでそんなこと言うの!?　褒めてよ！　私がんばったんだよ!?」

「ああ、がんばったな。今までお疲れ様でした」

満面の笑みで労をねぎらった。

エピローグ

シレクス家が企画した魔王討伐促進キャンペーンのメインイベントとして大々的に実施された『魔王に届け』だったが、モンスター襲来という過去１００年を見渡しても前例のない大事件に邪魔され強制終了となってしまった。

とはいえ転んでもただでは起きないのが、我らがフレンデリア御嬢様《おじょうさま》。

エントリーした32名中、16番目に試技を行ったアイザックの投擲《とうてき》が確認されたとして大会成立を宣言。後日、大会の成功を印象付けるべく盛大に表彰式を行った。

優勝者は――まさかのメデオ。

「俺の名はメデオ！　蘇生《そせい》魔法はいいぞ！　投擲の手応え？　そんなことよりも蘇生魔法について話をさせろ！」

2位にはレベル54のソードマスター、顔芸のシュナイケル。アイザックは3位に沈んだ。

「上位はこの3名なんだけどー……実は一番魔王城に近い所まで武器を投げたのは何を隠そう彼女！　御存じレベル78の冒険者！　コレットなのでしたーっ！」

トップ3よりも派手に紹介されたコレットが、壇上でぎこちない笑みを浮かべダブルピースしている。勿論《もちろん》、本人の意志じゃなくフレンデリア御嬢様の御意向だ。

あのゴールドエクスペリエンスドラゴンを一撃で粉々にした投擲の後、遥《はる》か彼方《かなた》へと飛んで行った粉砕骨折の鉄球が魔王城の近くに着弾したらしい。

その推定飛距離は実に４０００メロリア以上。桁違いの数字だ。

あくまでも参考記録という形での発表だったが、数字のインパクトに加え街を救った功績もあって、優勝者のメデオよりも遥かに目立つ結果となった。

尚《なお》、実質4位のアイザックはノーコメントで会場を後にした。彼の巻き返しに期待したい。

今回の一件で注目を集めたのはコレットだけじゃない。ドラゴンを一撃で倒した武器ということで粉砕骨折の鉄球には『ドラゴン死ぬねこれ』という異名が付き、売れ筋商品となった。

とはいえ、モーニングスターとあって購入者の大半は筋肉自慢の荒くれども。

ただでさえ偏っていた客層がよりカオスとなり、ベリアルザ武器商会の評判は更に落ちた。

五大ギルドは今回の騒動を契機に、二つの対策委員会を発足した。

一つは『【冥府魔界の霧海】対策委員会』。『魔王に届け』で霧の中に投げ込まれた探ってクン6号を解析し、霧を消し去る方法を模索するのが目的だ。

もう一つは『聖噴水事案対策委員会』。今まで見られなかった不具合が聖噴水に見られたことを受け、その原因および対策を講じる為《ため》の委員会らしい。

これらの委員会発足に尽力したのがティシエラとのこと。ソーサラーとして未《いま》だに最高峰の能力を持ちながら、それでも力の誇示より城下町の住民の安全を第一に考える彼女には頭が下がる。

イリスもそんなティシエラを持ち前の明るさで支えているみたいだ。

アインシュレイル城下町は現在、ガルーダによって破壊された建築物や道路の修復工事が各所で行われている。この工事費に関しては流石《さすが》に国が持つそうだ。

そりゃそうだ。住民だって税金払ってるんだから。

そして、俺はというと――

「はい止まって下さーい！　御協力感謝します！」

工事現場で乗合馬車の誘導を行っているガードマンを横目に、パンを頬張りながら宿へと戻っている。

ああいう、生前の経験を活《い》かせそうなアルバイトをしながら生活基盤を整えるという生き方も選択肢にはあった。でも1億4900万円の借金をヒーラーに背負わされた今、普通の仕事じゃ到底返済は間に合わない。割と真剣に冒険者復帰の道を模索しながら日々を過ごしている。

この終盤の街で手っ取り早く稼ぐとなると、どうしても冒険者がファーストチョイスになってしまう。限りなくブラックだけど報酬は高額だし。でもソロで稼げる気は全くしない。

「だから私と組もうってずっと言ってるじゃん。そうすれば150000Gなんてすぐ溜《た》まるよ。私結構蓄えあるし、肩代わりしても大丈夫だよ？」

借金を抱える身で分不相応な宿に泊まる訳にはいかず、現在はコレットとは違うこの街で一番安い宿に拠点を移している。

なのにコレットは毎日俺のもとを訪れ、こうして勧誘を続けている。

結局、コレットは俺の引退勧告には従わなかった。当たり前ではあるけれども。

「冗談じゃない。これ以上グロい目に遭ってたまるか。未だに夢に出てくるんだぞ。ドラゴンのバラバラ死体」

「もー。じゃあどうやって借金返すの？　【ステータス操作】だって大っぴらには使えないでしょ？」

「まあな……」

当初はそのスキルを使って調整屋を開くというプランもあった。

『一回１０００Ｇでお好みのステータスに調整します』って感じで。多少は信頼も得たしな。

だけど、聖噴水を操作していたところをユマちゃんに見られたことで難しくなった。

まだ不具合の原因が明らかになっていない今、不特定多数の人々に『あのスキルは聖噴水も操作できる』とバレるのはマズい。暫《しばら》くは隠しておいた方がいいだろう。

それにこのスキルは他者を強化するだけじゃなく弱体化もできる。

変に目立つと悪人に目を付けられるリスクも多分にあるんだ。

そんな訳で、調整屋は現状白紙。

でもコレットの力を借りる気にもなれない。

「俺は決めたんだよ。金の工面でコレットの世話にはならないって」

「なんでそんなこと言うの……？　私を捨てるの……？」

「重いタイプの恋人か！　どっちみち事実に反するけどせめて見捨てるって言って！」

「見捨てるも捨てるも一緒だよ？　ねぇ、私を捨てるの？　あのドラゴンを倒す直前のこと覚えてる？　通じ合ってたよね私たち。友情感じたよね？　そんな私をゴミみたいに捨てるの？」

なんかピキピキ音が聞こえるんだけど……これ何の音？

ヤンデレ化したコレットってもう見慣れたと思ってたけど、全然だったな。普通に怖い。『どうせ私との関係を清算して、またやり直せばいいとか、思ってるんでしょう？』とか言い出しそう。

「いやね、金に関してちょっと偉そうなことを言いたくてさ。そっち方面で世話になってたんじゃ説得力ないし」

「……？」

これから俺は、ガラにもないことを言おうとしている。

照れ臭い。こんな年にもなって……と思う反面、そんな俺だからこそ言える言葉でもある。

「コレットさ、自分の黒歴史をバラされないよう昔の仲間に口止め料払ってるっつってたろ？」

「うん」

「もうやめとけ。どんな情けない過去でも、それを恥じる必要なんてない。堂々としてりゃいい」

「でも……家に迷惑かかるし」

「仮に迷惑かけて勘当されたとしても、それがどうした」

「……え？」

「この街にはコレットを気に入ってる御嬢様がいる。ファンだって言ってくれる女の子もいる。冒険者仲間もいる。勢力を巡って競い合うライバルもいる。それに……」

生まれて初めて言うからこその説得力。そういうのだってある。

「友達だっているだろ？」

少なくとも、誰にでもチャラいこと言う奴《やつ》とは思われないだろう。こんな顔してりゃ。

「……」

コレットは一瞬目を見開き、そして——

「……バカ」

コツンと俺の足を軽く蹴って、足早に離れて行く。

「でもありがと！　前向きに考えてみるね！」

前向きに考えるって時点で後ろ向きな気もするけど……ま、いいか。

最終的に自分の生き様を決めるのは自分自身だ。

俺は……どうしようか。

約150日の間に1億4900万円を返さなくちゃならない。けど大金を得られるクエストなんて今の俺じゃ無理。街の周辺でレベル上げしようにもモンスターが強すぎて倒せそうにないし……

「どうしたんだい？　途方に暮れて」

その声は……アイザック？　取り巻きの三人もいる。相変わらずハーレム臭が強めだ。

「いや、先日のモンスター襲来の日にドジ踏んで、ヒーラーに借金背負うハメになってさ」

「ヒーラーの世話になったのか!?　バカな……！　早まった真似《まね》を……！」

正論だけど、自分の意志じゃないんだからどうしようもないのよ。

「だったら短期間でまとまったお金を用意しなくちゃならないんじゃないか？」

力の抜けた首をカクンとさせる。

さっきの青春っぽいやり取りで疲弊しちゃって、もう強がる気力も残ってない。

「そうか。なら、僕のパーティに入らないか？」

……はい？

「な……！」

「ちょっとザック!!　何言ってるの!?」

「話が見えません……」

取り巻きの女性陣がパニックになっている。

そりゃそうだ。この中に男の俺が入るって、とんだ異物混入だよ。

「僕のパーティなら、それなりの報酬が出るクエストを受けられる。報酬は山分けが原則だけど、それで構わないなら」

破格の条件、としか言いようがない。でも何のメリットがあって言ってるんだ？

俺のレベルが18しかないって知ってる筈《はず》なのに。

「君に興味があるんだ。レベル78という現役最高の数字を誇りながら消極的だったコレットさんが、君と行動するようになってから一気に表舞台に出て来た。今の彼女は輝いて見える。その理由を僕はどうしても知りたい」

成程、コレットへのライバル心から俺に目を付けたのか。

とはいえ【ステータス操作】のことはまだ話せない。

断るしかないか。

「いや……理由を話して欲しい訳じゃないんだ。ただ、君といれば僕も変われるかもしれない。そう思っただけさ。僕は僕を侮った色んな人たちを見返す為にレベル60にまで成長したけど、精神面がまだ未熟なのを自覚してもいる。そんな自分の殻を破りたい」

相変わらず自分語りが好きだな。それでいて向上心の塊みたいな奴だ。

せっかくの申し出。何より、この機会を逃せばもう借金を返すチャンスはないかもしれない。

「いいのか？　大した恩恵はないと思うけど」

「それは僕が決めることさ」

微笑《ほほえ》み合いながら握手を交わす。

尚、女性陣は全面拒否の構え。『何本気にしちゃってんの？　空気って読める？』『私たちどう見たってハーレムパーティでしょ？　わかるよね？』『男は一人で十分なんですけど』ってツラだ。

色んなことがある。色んな人がいる。そういうのも全部ひっくるめて第二の人生だ。

後日あらためて今後の打ち合わせをするとだけ決め、アイザックたちと別れる。

「んー……っ」

空を見た。夕日が赤い。

「赤字を連想しちゃうよなー」

おいやめろ。

「……って、なんでお前がここにいるんだよ。俺のこと追い回してんの？」

足音も何の脈絡もなく、いつの間にか隣に怪盗メアロが立っていた。

「アホか。次のターゲット物色してたらそのアホ面を見かけてなんだかアホな事態になってっから笑いに来たんだよバーカ」

「なにぃ」

「どうだこの街は。綺麗《きれい》だろ？」

怪盗メアロは夕日に照らされ幻想的な赤に染まった街並みを、我が物顔で誇る。

でも不思議と嫌な感じはしなかった。

「ああ、綺麗だな。住民はイカれた奴ばっかだけど」

「まーな。たまに滅ぼしてしまおうかと思うこともあるくらいだ」

「何目線だよ」

物騒なことを言い出す怪盗メアロにジト目を向けると、何故《なぜ》かにまーっと笑いやがった。

完全に舐《な》めきってやがるな。今に見てろよこのメスガキ。

「この前はよくやった。褒めてつかわす」

「……急になんだ？」

「災異覚醒したあのドラゴン、一撃で倒してなかったらこの街に甚大な被害をもたらしてただろうな。この光景を眺められるのはお前の功績だ」

「俺じゃねーよ。コレットだろ」

「あの馬鹿力を引き出したのはお前だろ？」

そういえば【ステータス操作】のことを知ってたんだったなコイツ。

「我はこれからも色んなお宝を盗みまくって、この街をかき乱してやるぞ。お前はどうだ？　このアインシュレイル城下町で何をする？」

「……そうだな。だったら俺は、この街を守ってやるよ。平和に楽しく暮らせるように」

「ほざけ債務者が」

そんな憎まれ口を叩《たた》いた直後、怪盗メアロは風のように消えてしまった。

悔しいけど、こんなに近くにいても捕まえられる気がしない。

それにあのモンスター襲撃事件の時、奴のヒントがなかったら聖噴水を元に戻せなかった。

今の俺は完全にあのメスガキの掌《てのひら》の上だ。

それでも、あの時の借りはいつか必ず返してやる。
勿論、借金もだ。
その誓いが現実となるまでには、まだ沢山の騒動を経ていくことになるんだけど——
それはまた、これからの話。

あとがき

作者の馬面でございます。この度は『終盤の街に転生した底辺警備員にどうしろと！① ～スキル【ステータス操作】なら最強ワンパン美少女を作るのもお手の物～』を手に取って頂き誠にありがとうございます。

本作のキャラクターデザインおよびイラストを手掛けて下さったのはヤッペン様です。そのヤッペン様がイラストを担当しておられる某作品のテレビアニメが今まさに放送始まるぞ！　日本に来たぞ！　面白いぞ！　くらいの時期に描いて頂きました。そんな大事な時に引き受けて頂き本当にありがとうございます。感謝の気持ちを込めつつ、本作の素晴らしいキャラデザとイラストについて振り返っていきたいと思います。

コレットは「愕然顔《がくぜんがお》とヤンデレ顔に定評がある子供っぽい奴《やつ》」というオーダーでキャラデザをお願いしました。挿絵1枚目の愕然顔を御覧頂きたい。完璧でしょう？　オデコが見える髪型が特にお気に入りです。快活さと子供っぽさが凄《すご》く良く出てるんですよ。挿絵2枚目のグロさに悶絶《もんぜつ》する顔も愛らしい。そして最後の挿絵見ました？　自分でやっといてあの顔ですよ。素敵じゃないですか。実に本作らしいクライマックスにして頂きました。

ティシエラは「儚《はかな》さ、悲壮感を感じさせる美しい女性」って感じでお願いしました。挿絵3枚目にも表れていますが、まさしくそのイメージ通り、いやそれ以上の美しさ。曇らせたいですね。そして挿絵5枚目の凛々《りり》しさもティシエラというキャラには欠かせない部分。曇らせたいです。

ルウェリアは「庇護欲《ひごよく》を擽《くすぐ》られる可愛《かわい》い容姿」という注文で、こちらもドンピシャの可愛さです。このキャラを書いている時はセリフ考えるのが楽しいんですけど、ビジュアルを頂いたことで癒《いや》し効果まで付随しました。そして最終的にはお色気担当になりましたが大体計画通りです。

怪盗メアロのオーダーはそのまま「生意気なメスガキ」。満点怪盗のメスガキを頂きました。個人的に唸《うな》らされたのは猫のような怪しい瞳で、これはオーダーには一切入れていなかった部分なんですが色んな意味で怪盗メアロというキャラに凄くマッチしてます。脱帽です。挿絵7枚目の必死な形相とそれを見守るコレット&トモの温かい表情もお気に入りですね。

フレンデリアは本編を書いている最中、貴族令嬢出したい症候群を発症して急遽《きゅうきょ》作っちゃったキャラでして、そんな経緯だからビジュアルイメージなんて全然なかったんですが、元気で知的だけどコレット絡むとおバカになるというキャラの特性を完璧に描いて頂きました。しかも挿絵で単独のほぼ全身像が2枚！　それも凛々しい場面とポンコツな場面というタイプの異なる見せ場の応酬ですよ。ビジュアルを頂いて一番得したキャラかもしれません。

そして主人公のトモ。「作中でイケメン扱いはされないけど（絵的に映えるよう）イケメンっぽくお願いします」という無茶振りでしたが、とても良い塩梅《あんばい》で描いて頂きました。そして本来キャラデザをご依頼していなかった筈《はず》のアイザック君が6枚目の挿絵でまさかのイラスト化！　本当ありがたいです。僭越《せんえつ》ながら、もし2巻以降を出させて頂く僥倖《ぎょうこう》に恵まれましたら、このアイザックや挿絵9枚目で衝撃のデビューを飾った迫真の山羊《やぎ》コレット（この挿絵が一番のお気に入り）の活躍なども書かせて頂きたいと思っております。

最後に、本作を書籍化して下さったオーバーラップ編集部各位、常に迅速丁寧な対応をして下さった担当のS様、出版および販売に関わって下さった全ての方々に厚く御礼申し上げます。そして、「小説家になろう」で読んでくれていた皆さん！　おかげで書籍化できました！　ありがとうございます！

終盤の街に転生した底辺警備員にどうしろと！①
～スキル【ステータス操作】なら最強ワンパン美少女を作るのもお手の物～

発行 2025年4月25日 初版第一刷発行
著者 馬面
イラスト ヤッペン
発行者 永田勝治
発行所 株式会社オーバーラップ
〒141-0031
東京都品川区西五反田8-1-5
校正・DTP 株式会社鷗来堂
印刷・製本 大日本印刷株式会社

ISBN 978-4-8240-1153-4 C0093

【オーバーラップ カスタマーサポート】
電話 03-6219-0850
受付時間 10時～18時（土日祝日をのぞく）

作品のご感想、ファンレターをお待ちしています
あて先：〒141-0031 東京都品川区西五反田8-1-5 五反田光和ビル4階 ライトノベル編集部
「馬面」先生係／「ヤッペン」先生係

スマホ、PCからWEBアンケートにご協力ください

アンケートにご協力いただいた方には、下記スペシャルコンテンツをプレゼントします。
★本書イラストの「無料壁紙」 ★毎月10名様に抽選で「図書カード（1000円分）」

公式HPもしくは左記の二次元コードまたはURLよりアクセスしてください。
▶ https://over-lap.co.jp/824011534
※スマートフォンとPCからのアクセスにのみ対応しております。
※サイトへのアクセスや登録時に発生する通信費等はご負担ください。

オーバーラップノベルス公式HP ▶ https://over-lap.co.jp/lnv/